KB273496

마에스트로

마에스트로

초판 1쇄 발행 | 2011년 10월 15일
7쇄 발행 | 2018년 4월 25일

지은이 | 자비에 로랑 쁘띠

옮긴이 | 윤예니

펴낸이 | 최윤정

펴낸곳 | 바람의 아이들

만든이 | 최문정 이창섭 김민영 박미란 남경미

제조국 | 한국

구독 연령 | 11세 이상

등록 | 2003년 7월 11일(제312-2003-38호)

주소 | 서울시 마포구 동교로 17안길 43-4

전화 | (02)3142-0495   팩스 | (02)3142-0494

이메일 | windchild04@hanmail.net

ISBN 978-89-94475-22-6
978-89-90878-04-5 (세트)

마에스트로

자비에-로랑 쁘띠 글 | 윤예니 옮김

바람의아이들

라파스 심포니 오케스트라 바이올린 수석
프레디 세스페데스에게

그리고

마농와 그녀의 플루트에,

마티스와 그의 드럼에,

라파엘와 그의 기타에,

오렐리앙과 그의 베이스에,

프레드와 그의 색소폰에,

파트릭과 그의 퍼커션에,

장과 그가 앞으로 연주하게 될 바이올린에 이 책을 바친다.

클레망(과 그의 첼로)의 조언에 고마움을 전한다.

1

구두닦이 상자, 담요 한 장, 그리고 루시아. 나에게 남은 건 이
게 전부였다.

모두 나에겐 소중한 것들이었다.

원래는 담요 한 장이 더 있었지만 루시아가 며칠 전에 도둑 맞
았다. 그래도 그 애 탓을 할 수가 없었다. 어차피 너무 어려서 알
아듣지도 못할 게 뻔했으니까. 그 뒤로 열심히 일하긴 했지만 루
시아에게 새 담요를 사 주려면 아직도 200~300센타보*가 더 있어
야 했다. 그때까지는 어떡하든 남은 한 장으로 버티는 수밖에 없
었다. 낮에는 햇볕이 쨍쨍해도, 고산지대이다 보니 밤이면 쌀쌀

---

* 센타보: 라틴 아메리카의 소액 화폐 단위. 200~300센타보는 우리 돈으로 300~450원 정도.

해진다.

저녁이면 땅바닥에 종이 상자를 깔아 추위를 피했다. 루시아가 나한테 딱 붙어 누우면, 나는 늑대, 강도, 공주 이야기를 들려주었다. 야야구아에 살던 시절에 엄마가 들려주던 이야기를 애써 떠올려 보았지만 늘 헷갈렸다. 결국 이 얘기 저 얘기가 뒤죽박죽 섞여 버리곤 했다. 그래도 루시아는 착했다. 아무것도 눈치채지 못한 척, 이야기가 완전히 엉망진창이 되기 전에 잠들곤 했다. 내가 루시아 옆에 누워 담요를 잘 덮고 루시아를 꼭 껴안으면, 루시아가 시장에서 데려온 고양이 아술라가 고르릉고르릉하면서 우리 자리로 왔다. 아술라의 배에는 오래지 않아 세상으로 나올 새끼들이 그득 들어 있었다. 밤사이 루시아는 꼭 제 쪽으로 담요를 끌어당겼다. 그 바람에 나는 날이 밝으려면 멀었는데도 추위에 잠이 깨곤 했다.

"볼기짝을 때려 줘야 다신 안 그러지."

절뚝이는 충고랍시고 이렇게 말했다. 그래 봤자 여동생도 없는 주제에.

2

매일 아침, 나는 눈을 뜨자마자 레알 산맥 쪽을 바라보았다. 이 동네에선 무슨 일이든 하늘에 달려 있었다.

하늘이 너무 흐려서 일어날 필요조차 없는 날도 있었다. 하지만 맑은 날이면 관광객들이 리오 델 오로 시장까지 올라와 미국 돈과 새 돈을 뿌려 댔다.

그날은 눈을 떠 보니 하늘이 눈부시게 푸르렀다. 일진이 좋을 징조였다!

루시아와 함께 담요를 종이 상자에 둘둘 말아 벽에 있는 구멍에 숨긴 다음, 벽돌로 꼼꼼하게 구멍을 막았다. 미리 조심해서 나쁠 건 없으니까.

절뚝이와 함께 공항 활주로 옆, 비어 있는 낡은 경비 초소를 발견한 지 거의 삼 주가 지났지만 아직까지 내쫓기지 않았다. 기적 같은 일이었다. 하지만 얼마나 더 버틸 수 있을지 알 수 없었다. 무슨 일이든 일어날 수 있었다. 공항 보안 요원들이나 '원숭이'들, 아니면 그냥 우리보다 머릿수가 많은 일당이 언제 들이닥칠지 모를 일이었다……. 충분히 가능한 일이었다. 바르가스와 오스카르가 사라진 뒤로 절뚝이, 루시아, 나, 이렇게 세 명만 남았다. 하지만 다리가 비틀린 절뚝이와 일곱 살배기 루시아를 생각하면, 두 명 반이라고 하는 편이 낫겠다. 아니면 차라리 두 명이라고 치거나. 어쨌든 우리는 눈에 띄지 않는 법을 배웠다.

바르가스와 오스카르가 어떻게 됐는지는 아무도 몰랐다. 이 동네에선 거지 한두 명 없어지는 일쯤 예사로 일어난다. '원숭이'들이 우리 같은 부랑아를 좋아하지 않는다는 것도 널리 알려진 사실이었다. 아무 흔적도 없이 사라진 것은 그 둘이 처음도 아니었고, 마지막도 아닐 것이다.

우리는 집합 장소인 산 이시도로 거리 모퉁이에서 바르가스와 오스카르를 일주일 동안 기다린 다음 결국 체념했다. 일곱째 날, 우리는 그 둘이 죽었다는 결론을 내리고 성당으로 가 10센타보를 내고 초 두 개를 샀다. 그 애들에게 그 정도는 해 주어야 했다. 절뚝이는 기도문을 외우고 싶어 했지만 제대로 아는 게 없었다. 그래서 그냥 금빛으로 타오르는 작은 불꽃들을 바라보며 향내를 들이마셨다.

아메리칸 항공의 보잉기 한 대가 무시무시한 소음과 함께 우리가 있는 곳에서 불과 몇 미터 떨어진 곳에 착륙했다. 기체 앞부분이 땅에 닿자, 불이라도 붙을 것처럼 바퀴에서 연기가 모락모락 피어올랐다. 매일 같은 시간에 착륙해서 시계 노릇을 해 주는 비행기였다. 시장에서 좋은 자리를 잡으려면 그 비행기가 도착하는 시간에 맞춰 출발해야 했다.

나는 비행기가 활주로 저 끝에서 까만 점이 될 때까지 눈을 떼지 않았다. 나는 비행기가 좋았다. 저녁에 시장에서 돌아오는 길에 몇 시간이고 가만히 앉아서 이착륙하는 모습을 바라보는 때도 있었다. 귀가 찢어질 것 같고 엉덩이 밑에서 땅이 울려도, 비행기 불빛이 하늘 저 멀리 가마득해질 때까지 눈으로 좇곤 했다.

"사투르니노 오빠!"

루시아가 나를 재촉했다.

루시아가 옳다. 꾸물거릴 시간이 없었다. 관광객들이 곧 몰려올 텐데, 그렇게 여유 부릴 때가 아니었다. 루시아가 아술라의 둥근 배를 쓰다듬었다. 절뚝이는 벌써 저만치 앞장서 가고 있었다. 절뚝이를 따라잡으려고 걸음을 서두르는데 루시아가 노래를 흥얼거리기 시작했다.

검은 옷 입은 남자 셋이 쫓아와요
얼른 얼굴을 가려요
잠들면 아무한테도 안 들켜요
하지만 밖으로 나가면 끝장이죠

"다른 노래 부르면 안 될까?"
루시아는 고개를 젓더니 더 크게 부르기 시작했다.

검은 옷 입은 남자 셋이 쫓아와요
얼른 얼굴을 가려요…….

　루시아는 이런 노래를 수도 없이 알고 있었지만 이 노래를 제일
좋아했다. 그래서 하루 종일 이 노래만 귀가 따갑게 불러 댔다. 하
지만 나는 이 노래를 들을 때마다 몸이 오들오들 떨렸다.
　검은 옷 입은 남자 셋은 '원숭이'들, 엄마 아빠, 그리고 삼 년
전 야야구아에서 있었던 일 모두를 떠올리게 했다.

3

　나는 산 이시도로 거리 모퉁이 단골 자리에 앉아 장비를 꺼냈다. 구둣솔, 헝겊, 구두약……. 절뚝이는 조금 떨어진 곳에 자리를 잡았고, 루시아는 곤달포 아저씨네 가게에 엽서를 받으러 갔다. 곤달포 아저씨는 루시아가 엽서 한 장을 팔 때마다 2센타보씩 주었다.

　시장은 벌써 붐비고 있었다. 레알 산맥에서 동트기 훨씬 전에 내려온 아줌마들이 제일 좋은 자리를 차지하고 앉아 낡은 담요 위에 팔 것을 늘어놓았다. 달걀 몇 알, 무, 콩이나 퀴노아* 두세 되, 고추……. 따끈한 옥수수죽과 커피를 파는 사람들은 컵을 부딪쳐

---

* 퀴노아 : 라틴 아메리카에서 주요 식량으로 쓰이는 곡물로, 쌀보다 작고 둥근 모양을 띠고 있다.

소리를 내며 돌아다녔다. 신문팔이들은 목이 터져라 소리를 질러 댔고, 구아만 할아버지는 시간이 없거나 기도문을 잊어버린 사람들을 위해 10센타보를 받고 기도를 해 줬다.

바르가스와 오스카르가 사리진 다음, 나는 구아만 할아버지한테 멋진 기도문을 외워 달라고 부탁했다. 기왕이면 좋은 기도로 말이다. 기도는 할아버지의 직업이기도 했지만, 사실 그 누구보다 뛰어났으니까. 야야구아에 살 때 엄마 아빠는 노상 기도 문제로 말다툼을 벌이곤 했다. 아빠는 다 바보짓이라고 했고, 엄마는 그래도 나쁠 건 없지 않느냐고 했다. 나는 어느 쪽이든 상관없었다. 하지만 오스카르와 바르가스는 죽었고, 아빠도 죽은 사람을 위해서라면 성당에 갔으니 괜찮겠지.

동전을 건네는데 구아만 할아버지가 내 손을 잡더니 손금을 봐 주려고 했다. 할아버지의 때 낀 손톱이 내 피부에 닿는 게 느껴졌다. 할아버지가 흐릿한 눈빛으로 나를 바라보았다. 나는 겁이 나서 기도를 기다리지 않고 도망쳤다. 딱히 미래가 궁금하지도 않았다.

첫 손님을 기다리는 중에 갑자기 사람들이 흩어졌다. 순찰을 나온 민병대원 세 명 때문이었다. 양손 엄지를 허리띠에 찔러 넣고, 곤봉과 권총을 찬, 전투복 차림의 민병대원 세 명. 이 동네에서는 '원숭이'들이라고 불리는 사람들이었다. 잘못한 게 없어도 피하는 편이 나았다. 민병대원들이 산 이시도로 거리 쪽으로 걸어오기 시작하자마자 나는 잽싸게 눈을 돌렸다. 그들의 선글라스 앞에서 눈을 돌리지 않는 사람은 아무도 없다. 그들은 모두 옷깃에 알프레도 아야나스 대통령의 초상이 그려진 배지를 달고 있었다.

그 더러운 자식의 얼굴만 봐도 죽이고 싶은 마음이 들었다.

4

"앉아도 되겠니?"

이렇게 말을 건넨 여자는 정말 아름다웠다. 대답이 나오려다 목
에 걸릴 지경이었다. 넋이 빠져 말문이 열리지 않았다.

꿈에서 본 여자들보다 천 배는 더 예쁜 여자였다. 경비가 허술
한 날, 마요르 광장 주변 가게들의 텔레비전에서 훔쳐본 미국 연
속극에 나오는, 수영복 차림의 여배우들을 모두 합친 것보다도 천
배는 더 예뻤다.

첫 손님이 이런 공주님이라니, 이런 날은 일진이 좋을 수밖에
없다.

공주님이 자리에 앉아 구두닦이 상자 위에 발을 올려놓았다.

공주님이 신은 분홍 가죽신 한 켤레는 내가 그달 초부터 닦은 구두 전부보다 열 배나 더 값나가는 것이었다. 분홍색 구두약은 갖고 있지 않았기 때문에 속으로 욕이 나왔다. 평소에 잘 쓰는 색깔이 아니었으니 말이다. 갖은 재주를 부리는 수밖에 없었다. 먼저 칫솔로 구석구석 깨끗이 먼지를 털고 최고급 무색 구두약을 조금씩 펴 바른 뒤 모직 헝겊으로 광을 낸 다음, 전날 시내 가게에서 슬쩍한, 광내는 크림을 살살 발랐다. 마지막으로 결이 고운 나일론 스타킹으로 광내는 것도 잊지 않았다.

그야말로 전문가의 솜씨였다.

시간을 넉넉히 잡고 공을 들였다. 이런 미녀라면 죽는 날까지 소중한 기억으로 간직하고 싶었으니까.

내가 구두를 닦고 광을 내면서 이따금씩 훔쳐볼 때마다, 공주님은 흠잡을 데 없이 새하얗고 진주알을 꿰어 놓은 듯이 가지런한 이를 드러내며 웃어 주었다. 관광객들한테서나 볼 수 있는 이였다. 젠장, 이런 미인의 구두를 닦다니, 손이 벌벌 떨릴 지경이었다! 우리 동네에 구두닦이들이 있듯이 공주님이 사는 곳에는 이를 하얗게 만들어 주는 사람들이 있는 모양이다. 하지만 우리 동네, 리오 델 오로 시장에는 그런 데까지 일일이 신경을 쓸 만큼 돈 있는 사람이 없다. 이란 원래 제멋대로 나기도 하고, 까맣게 되기도 하고, 빠지기도 하는 것 아닌가……. 그런 것 말고도 신경 쓸 일이 태산이었다.

공주님을 훔쳐보면서도 눈치를 살펴야 했다. 덩치 큰 애인이 근처에서 정신없이 사진을 찍어 대고 있었다. 혈색 좋은 얼굴, 운동으로 다져진 몸, 바싹 깎은 수염, 실팍한 살집까지, 제 약혼녀한테 좀 과하게 눈길을 준다 싶으면 바로 화를 낼 사람이었다.

광을 내고 보니 고운 이 공주님의 구두가 거울처럼 반짝였다. 더할 나위 없이 완벽하고 아름다운 작업이었다! 마지막으로 한 번 더 손질을 하고 싶었지만 혈색 좋은 거인이 안달을 내기 시작했다. 공주님은 그래도 나와 함께 사진을 찍어야 한다고 고집을 부렸다. 공주님이 내 어깨에 손을 얹었을 때 심장이 멈추는 줄 알았다. 나는 공주님의 향기를 들이마시며 눈을 감았다. 천국에서도 이렇게 좋은 냄새는 안 나겠지.

거인이 내 손에 동전을 쥐어 주었지만 나는 눈길도 주지 않았다. 멀어져 가는 공주님의 금빛 머리카락, 하얀 피부, 향기에 정신이 팔려 있었다……

겨우 정신을 차리고 손을 펴 보았다. 20센타보? 저 머저리 같은 자식, 겨우 20센타보를 주다니! 배낭에 가득한 미국 돈은 뒀다 뭣 하려고! 전문가다운 작업에 대한 대가가 고작 이거란 말이야?

그 돈으로는 점심때 뚱뚱보 아니타 아줌마네 가게에서 루시아한테 옥수수죽 한 그릇도 사 먹일 수 없었다. 물론 새 담요를 사

주기에도 턱없이 모자랐다.

나는 구두닦이 상자 옆면에 숨겨 둔 커터 날을 꺼낸 다음, 장비들을 잘 지키라고 절뚝이한테 일렀다. 돈만 챙겨 올 테니 잠깐이면 돌아올 수 있을 거라는 계산이었다.

공주님을 생각하면 마음이 불편하긴 했다. 하지만 일은 일이니 그냥 넘어갈 수는 없지…….

5

지나는 길에 루시아와 만나, 함께 공주님과 거인을 찾아 나섰다. 우리 동네 사람들은 죄다 키가 작고 살결이 가무잡잡하다. 그러니 소란스럽고 북적거리는 시장 한복판에서 사람들한테 떼밀리면서도 금발 미녀와 불그레한 얼굴의 거인을 찾기란 식은죽 먹기였다.

두 사람은 포목점 앞에 있었다. 공주님은 색색의 모직물 위로 몸을 숙이고 있었고, 거인은 멍청하게 사진을 찍는 데 정신이 팔려 있었다.

내가 직접 수고비를 챙기러 나선 건 처음이 아니었다. 루시아도 제가 할 일을 잘 알고 있었다. 그 애는 두 사람 사이로 슬그머니

끼어들어 공주님이 몸을 일으킬 때까지 기다렸다가 엽서를 권했다. 누구도 루시아의 미소에는 당할 재간이 없다. 공주님이 루시아 쪽으로 돌아서자 혈색 좋은 거인은 당연히 사진을 찍으려 들었다. 주위를 둘러보았지만 원숭이들은 눈에 띄지 않았다. 기회다. 나는 거인의 등 뒤로 숨어들었다.

눈 깜짝할 사이면 충분했다. 거인이 멘 배낭의 양 어깨끈에 한 번씩, 칼질 두 번이면 끝이었다. 그런 다음 가방을 가지고 인파 속으로 사라지기만 하면 됐다. 거인이 눈치챌 때쯤이면 이미 상황 종료, 루시아도 재빠르게 도망친 뒤일 테니.

하지만 거인은 호락호락하지 않았다. 어찌나 용맹하시던지! 미처 두 번째 칼질을 할 겨를도 없었다. 거인의 손이 용수철처럼 늘어나 내 손목을 낚아채더니 팔을 꺾어 댔다. 아파서 비명이 절로 나왔다. 거인은 나보다 천 배나 더 힘이 셌다.

거인은 내 코앞에 얼굴을 들이밀고 이해할 수 없는 말들을 침을 튀겨 가며 쏟아 놓았다. 나는 눈물을 글썽이면서도 이를 악물어 비명을 삼켰다. 거인이 의기양양해하는 꼴을 보고 싶지 않았다. 순간 루시아와 눈이 마주쳤다. 겁에 질려 있는 루시아에게 겨우 도망치라고 눈짓을 했다. 그게 규칙이었고, 루시아도 알고 있었다.

사람들이 우리에게서 멀찍이 물러섰다. 그 역시 규칙이었다. 끼어들지 말 것. 절대로. 만약 내가 거인의 가방을 훔치는 데 성공했더라면 거인이 나를 잡지 못하도록 모두들 한 걸음도 물러서지 않았을 것이다. 하지만 이번에는 내가 졌다. 그저 루시아가 무사히 절뚝이한테 가기를 간절히 바라는 수밖에 없었다.

거인은 계속 내 팔을 비틀면서 나를 떼밀었다. 도대체 어쩔 셈인지 알 수가 없었다. 나를 잡았으면 멋지게 주먹을 날려 두들겨 패야 할 것 아닌가. 그래야 마땅한 일이었다. 하지만 거인은 다른 꿍꿍이가 있는 모양인지 나를 사람들 속으로 밀었다. 그 돼지 새끼 같은 자식 때문에 얼마나 아팠던지 눈앞에서 별이 어른어른했다. 공주님이 나를 놓아주라고 부탁해도 거인은 들으려고도 하지 않았다.

그때 검은 군복이 눈에 들어왔다. 그제야 거인이 무슨 꿍꿍이속인지 알 수 있었다. 코차캄바 강에서 미역을 감다가 갑자기 발이 강바닥에 닿지 않았을 때처럼 덜컥 겁이 났다. 이럴 수는 없다! 거인은 외국인이었으니 원숭이들이 어떤 사람들인지 알 턱이 없었다. 물론 나는 알고 있었다. 이 동네 사람이라면 누구나 알고 있었다. 발버둥을 치고 소리를 지르며 엉엉 울어 보았지만, 내가 빌면 빌수록 거인은 더 거칠게 내 팔을 비틀어 댔다. 내 팔은 나뭇가지처럼 툭 부러지기 일보 직전이었다. 결국 너무 아파서 숨도 쉬지 못한 채 입을 다물어야 했다. 얼굴은 온통 콧물과 눈물로 더럽혀져 있었다.

민병대원 세 명이 다가왔다. 루시아의 노래가 머릿속에서 맴돌았다.

검은 옷 입은 남자 셋이 쫓아와요
얼른 얼굴을 가려요……

"무슨 문제라도 있으십니까?"

"아니에요! 아무 문제도 없어요! 갚을 거예요. 새 배낭을 사 드릴 거라고요! 오해예요! 그럴 생각이 아니었어요!"

내가 외쳤다.

원숭이 하나가 고개가 돌아갈 정도로 세차게 내 뺨을 때렸다.

거인이 배낭을 그들에게 보여 주었다. 끊어진 어깨끈 위로 커터 자국이 선명했다. 거인은 무슨 일이 일어났는지 영어로 설명했다. 원숭이들은 꼭두각시들처럼 연신 고개를 끄덕였지만, 그 멍청이들이 한마디인들 알아들었을 리 없다. 그들이 고개를 주억거릴 때마다 아야나스 대통령의 얼굴이 그려진 배지도 덩달아 흔들렸다. 꼭 살아 움직이는 것 같았다. 공주님은 나의 애원하는 눈빛을 외면했다.

제기랄, 공주님! 뭐라고 말 좀 해 줘요! 뭐라도 해 달라구요! 날

버리지 말아요!

우리 주위로 사람들이 모여들었다. 가던 길도 멈추고 서서 우리를 바라보았다. 다들 내가 민병대원들의 손에 들어가면 무슨 일을 당할지 알고 있었다. 그러나 그 누구도 나서지 않았다. 그 누구도 한마디도 하지 않았다. 원숭이들과 얽힌 일이라면 선택의 여지가 없었다.

거인이 마침내 손을 늦추자 민병대원 한 명이 내 어깨에 손을 올렸다. 나는 전기 충격이라도 받은 양 펄쩍 뛰었다. 검은 선글라스에 비친 내 모습이 언뜻 보였다.

"갚을게요, 상사님! 새 가방을 사 드릴게요. 이십 센타보도 돌려드릴게요! 전부……"

내가 훌쩍거리면서 말했다.

"더러운 도둑 새끼!"

상사가 말했다.

"도둑이라니요, 아니에요! 구두를 닦았는데 이십 센타보밖에 못 받아서 그랬어요! 저런 구두에 이십 센타보라니요!"

나는 잡히지 않은 팔로 공주님의 구두를 가리키며 호소했다.

"제값을 못 받아서 그랬어요……. 수고비가 너무 적었다고요!"

상사는 내 머리카락을 붙들고 머리를 거칠게 흔들어 댔다.

"너 따위 코흘리개한테는 감지덕지한 돈이지. 너한테 일할 수 있는 영광을 베풀어 주셨는데도 도둑질을 했으렸다?"

그러더니 상사가 허리띠에 매달린 수갑을 풀었다. 다리가 후들
후들 떨렸다. 내가 체포되면 루시아는 어떻게 된단 말인가? 아직
어린애인데! 이제 겨우 일곱 살도 안 된 꼬마가 이 험한 동네에서
어떻게 살아남겠어?

나는 무릎을 풀썩 꿇었다.

"상사님, 용서해 주세요. 용서해 주세요! 다시는 안 그럴게요!
맹세해요! 맹세해요!"

상사가 거무스름한 이를 드러내며 활짝 웃었다.

"내가 왜 너 같은 새끼가 하는 말을 믿어 줘야 하지?"

"진짜니까요, 상사님. 진짜예요, 성모 마리아님도 아세요! 제가
없으면 동생 혼자서는 살아갈 수가 없어요. 또……"

상사가 부하들에게 나를 체포하라는 신호를 보냈다. 내 손목에
수갑이 채워졌다. 원숭이들이 양쪽에서 내 팔을 끼고 들어올렸다.
눈물이 쏟아졌고, 콧물이 턱까지 흘러내렸다. 나는 간신히 발걸음
을 옮겼다. 사람들이 조용히 길을 내주었다.

혈색 좋은 거인은 그제야 겨우 제가 무슨 일을 저질렀는지를 깨
닫기 시작했는지 꼼짝 않고 있었다. 공주님은 보이지 않았다. 구
경꾼들 사이에서 절뚝이의 겁에 질린 얼굴이 보이자 나는 눈을 질
끈 감았다. 온몸이 아팠지만 루시아 생각밖에 나지 않았다. 새 담

요도 사 주지 못했는데.

원숭이들에게 잡히는 것만큼 끔찍한 일은 없었다. '원숭이가 어디로 튈지 아는 사람은 아무도 없다.' 아야나스 대통령이 권력을 손에 넣자마자 이런 격언이 등장했다. 아빠는 나한테 수십 번이나 이 격언을 되풀이해 말해 주었다.

"실례합니다만, 이 상황을 정리할 만한 간단한 방법이 있는 것 같은데요."

갑자기 어디선가 굵은 목소리가 들려왔다.

나는 다시 눈을 뜨고, 숨을 쉬어야 한다는 사실을 기억해 냈다.

6

　원숭이들을 막아선 사람은 마요르 광장의 텔레비전에서나 나올 법한 차림의 할아버지였다. 넥타이, 양복, 모자, 그 밑으로 드러난 새하얀 머리카락…… 그 어느 것 하나 이 동네 사람들과는 어울리지 않았다. 마치 영화에서 튀어나온 사람 같았다. 옷차림 때문만은 아니었다. 넥타이 차림의 사업가라면 나도 이미 잘 알고 있었다. 나는 매일 나시오날 대로의 은행들에서 일하는 사람들의 구두를 닦으러 사무실 원정을 나가곤 했다. 그들은 모두 한 공장에서 만들어진 것 같았다. 회색 양복에 향수를 뿌렸는데, 하루 해가 저물 때쯤이면 향수 냄새가 땀내로 변했다. 하지만 그 할아버지는 그들과는 전혀 달랐다. 머리끝부터 발끝까지.

경찰이 그를 훑어보며 비아냥거렸다.

"더 간단한 방법이라. 고작 그 얘긴가? 그게 뭔데?"

"알게 될 거요."

"뭐라고?"

"알게 될 거요! 그 방법을 곧 알게 될 거요……. 이렇게 말하는 편이 더 정확하겠군."

"아, 그래? 더 정확하다고? 잘난 척 그만하시지! 그 깔끔한 양복 차림하며, 어디서 나타나셨는지 모르겠지만 뭘 좀 제대로 알고 말씀하시지그래. 우리랑 상대하려면 잔재주는 피우지 않는 편이 낫다고 다들 말해 줄 테니."

하지만 할아버지는 미소 지으며 고개만 끄덕였다.

사람들이 다시 모여들었다. 할아버지가 침착하게 원숭이들을 상대하는 모습에 모두 놀란 모양이었다.

"자, 저리 비키시지! 시간 낭비는 이 정도로 끝내자고!"

상사가 한 발짝 앞으로 내딛었지만 할아버지는 꿈쩍도 하지 않았다. 사람들 사이에서 웃음이 터졌다. 좋지 않은 신호였다! 할아버지한테나 나한테나 다 좋지 않은 신호였다. 원숭이들은 괴짜 노인 한 사람 때문에 사람들 앞에서 웃음거리가 되는 것을 못 견딜 테니까. 원숭이 하나가 곤봉에 손을 갖다 대었다. 그러자 할아버지가 고개를 저으며 말했다.

"알프레도가 좋아하지 않을 텐데……."

"알프레도라고? 누구 얘기야?"

상사가 투덜댔다.

"으음, 알프레도 말이오."

누구나 다 알고 있지 않냐는 식이었다. 그러더니 할아버지는 상사의 옷깃에 달린 알프레도 아야나스 대통령의 초상을 가리켰다.

"그게 무슨 소리야? 설마 대……"

"정답이오!"

상사가 할아버지를 노려보며 물었다.

"당신이 대통령 각하와 아는 사이라고?"

할아버지가 더 활짝 웃었다.

"물론이오. 바로 어제 함께 저녁 식사를 했소만."

내 눈이 절로 크게 떠졌다. 상사는 몸을 좌우로 흔들어 댔다. 할아버지의 얘기가 헛소리인지 진짜인지 헷갈리는 모양이었다. 사방이 쥐 죽은 듯 고요했다. 시장 사람들 모두가 무슨 일이 벌어지는지 보려고 모인 것 같았다.

"속지 마십시오, 상사님. 다 개수작입니다. 이 작자가 대통령 각하 친구라면 저는 중국 황제게요? 우릴 갖고 노는 거예요!"

민병대원 한 명이 말했다.

할아버지가 양복 윗도리에서 휴대전화를 꺼냈다. 그 당시에, 그 동네에서 휴대전화라니! 그러고는 버튼을 몇 개 누르더니 전화를 상사에게 내밀었다.

"받으시오! 잠시 후면 직접 확인하게 될 거요. 대통령 직통전화니까……."

상사는 누가 꿈틀대는 뱀을 건네주기라도 한 것처럼 금세 얼굴이 새파랗게 질려 전화를 돌려주었다. 땀까지 뻘뻘 흘리고 있었다.

"맙소사, 이게 다 무슨 소리야?"

그가 부하들을 바라보며 중얼거렸다.

할아버지가 처음으로 나를 바라보았다. 그러더니 마치 "걱정하지 마라. 다 잘 되고 있어" 하고 말하려는 것처럼 입을 살짝 삐죽거렸다.

잠시 동안 아무도 움직이지 않았다. 심장이 당장이라도 터질 것처럼 쿵쿵 뛰었다.

"이 코흘리개 자식을 풀어 줘!"

상사가 명령을 내리고 이마의 땀을 닦았다. 그런 다음 우리를 지켜보고 있던 사람들에게 고함쳤다.

"이제 다 꺼져!"

하지만 다들 꼼짝도 하지 않았다. 나는 손목을 문질렀다. 할아버지가 상사에게 손을 내밀었다. 그 손은 부드럽고 새하얀 데다가 놀라울 정도로 깨끗했다. 팔꿈치까지 흙, 때, 기름 얼룩으로 뒤덮인 우리 동네 사람들과는 전혀 다른 세상 사람의 손, 한 번도 일해 본 적 없는 사람의 손이었다. 그에 비해 상사의 손은 털북숭이 벌레같이 보였다.

"고맙소, 상사. 후회하지 않을 거요. 우리끼리 얘기지만, 이십 센타보라니, 사실 너무하지 않소?"

상사는 대답 없이 부하들에게 신호를 보냈다.

"자, 어서 꺼지라니까! 그리고 너, 너 말이다."

그러더니 나를 손짓으로 위협하며 말했다.

"늘 오늘처럼 운이 좋을 거라는 기대는 마라. 네 얼굴은 오늘부터 내 머릿속에 그대로 입력됐으니까!"

상사가 자기 머리를 두드렸다.

할아버지는 민병대원들이 인파 속으로 사라져 가는 모습을 바라보며 내 어깨에 한 손을 얹었다.

7

할아버지에게 감사의 인사를 해야 한다. 뭔가 할 말을 찾아내야 한다. 할아버지가 아니었다면 곤욕을 치렀을 테니까! 하지만 눈물만 줄줄 나왔다. 온몸이 부들부들 떨렸다. 할아버지가 나에게 하얀 천으로 만든 손수건을 내밀었다.

"자, 닦으렴!"

내가 때와 눈물과 콧물로 범벅이 된 손수건을 돌려주려 하자, 할아버지가 미소 지었다.

"아니, 아니. 그냥 가지렴. 가져도 된단다……"

할아버지는 무엇인가를 기다리는 것처럼 말을 다 끝맺지 않았다.

"사투르니노. 제 이름은 사투르니노예요. 하지만 다들 사투르노라고 불러요."

"그래, 사투르니노, 너한테 주는 거란다."

그러더니 따뜻한 고기 파이 한 봉지를 사서 나에게 건넸다.

"자, 다 먹으려무나."

할아버지와 상사 사이에 있었던 일이 순식간에 시장에 퍼진 모양이었다. 사람들이 우리를 호기심 어린 눈으로 바라보았다. 마음이 편치 않았다. 뭔가 이상했다. 대통령의 친구라는 말쑥한 신사가 무슨 볼일이 있어 이 동네까지 왔을까? 어째서 나 같은 부랑아를 원숭이들의 손아귀에서 빼내겠다고 나섰을까? 말도 안 되는 일이었다. 이 동네에 어울리지 않게 말끔하고 멋진 차림새는 그렇다 치자. 대통령의 친구라, 그러기엔 너무 친절하고, 너무 세련되고, 너무 너그럽지 않은가.

할아버지는 파이를 게걸스럽게 먹어 치우는 나를 바라보고 있었다. 감사 인사를 해야 했다. 나는 파이를 꿀꺽 삼킨 다음 숨을 크게 들이마셨다.

"고맙습니다. 그러니까, 파이도 그렇고, 손수건도 그렇고, 그리고 조금 전 일도요. 도와주시지 않았다면 저는……"

머릿속에서 말이 꼬였다. 딱히 더 할 말도 없었다. 그러다 갑자기 좋은 생각이 떠올랐다.

"구두를 닦아 드릴게요…… 공짜로요. 돌아가실 때까지……
어, 그러니까 평생 한 푼도 안 받고 닦아 드릴게요. 절 찾아오시기
만 하면 돼요. 전 항상 산 이시도로 거리 모퉁이에 있어요."

"그것 참 멋진 생각이로구나, 사투르니노! 기꺼이 그렇게 하
마."

'멋진 생각', '기꺼이'…… 할아버지는 내가 오래전에 잊어버
린 말을 했다. 이제 내 입에서는 절대로 나오지 않는 표현 말이다.

파이를 다 먹어 치운 다음, 할아버지와 나란히 산 이시도로 거
리를 향해 걷기 시작했다. 아무 말 없는 할아버지가 신경 쓰였다.
이제 감사 인사도 들었겠다, 도대체 왜 내 옆에 딱 달라붙어 있는
지 알 도리가 없었다.

"지금 당장 시작할까요?"

할아버지가 구두를 흘깃 보더니 말했다.

"그래, 나쁠 것 없지."

구두닦이 상자는 제자리에 있었다. 절뚝이가 잘 지켜 준 모양이
었다. 절뚝이는 제 옆으로 몸을 피한 루시아도 잘 돌보고 있었다.
루시아는 우느라 빨개진 얼굴로, 나를 보자마자 내 이름을 부르며
달려왔다. 우리는 한참 꼭 부둥켜안고 가만히 있었다.

"이제 괜찮아, 루시아. 울지 마. 오빠 여기 있잖아……"

"네 동생이니?"

할아버지가 물었다.

나는 루시아를 끌어안은 채로 고개를 끄덕였다.

"유감이로구나! 아직 너무 어려. 그렇긴 한데……"

등 뒤로 소름이 돋았다: 내 귀를 의심하며 절뚝이를 바라보았다. 얼마 전부터 여자애든 남자애든 가리지 않고 어린애들한테 덤벼들어 온갖 몹쓸 짓을 하는 이상한 사람들이 늘고 있었다. '사냥꾼'이라고 불리는 사람들이었다. 한번은 '사냥꾼' 한 명이 나더러 함께 가지 않겠냐고 한 적이 있었다. 나를 끌어안더니 우리가 오래전부터 잘 아는 사이라도 되는 양 미소를 지어 보이는 게 아닌가. 눈빛만 봐도 속셈이 훤했다. 나는 걸음아 날 살려라 하고 도망쳤다. 이 동네 사람이라면 누구나, 그런 짓만 노리고 오는 관광객이 있다는 걸 알고 있었다.

나는 할아버지를 올려다보았다. 광장을 돌아다니는 사냥꾼들 같은 인상은 아니었지만 혹시라도……. 도대체 어떤 사람일까? 무엇을 바랄까? 어째서 나를 도와줬을까? 어떤 보답을 원할까?

루시아의 머리카락 한 올이라도 건드리기만 해 보라지, 죽여 버릴 거야.

나는 서둘러 루시아에게 엽서를 팔러 가라고 일렀다. 할아버지가 구두닦이 상자 위에 앉았다. 구두를 닦기 시작했지만 마음은 다른 데 가 있었다. '유감이로구나! 아직 너무 어려. 그렇긴 한

데……' 분명히 내가 잘못 들었을 거야, 다른 얘기였겠지, 하고 입속으로 되뇌어 보았지만 헛일이었다.

작업을 끝내자 할아버지가 내게 100센타보짜리 지폐를 내밀었다.

이건 너무했다. 지나치게 큰 돈이었다. 그것도 너무 심하게. 게다가 공짜로 닦아 주기로 하지 않았던가! 더 이상 아무것도 받고 싶지 않았다. 원숭이들에게서 구해 준 답례로 약속한 일이었다. 그렇게 하면 정당한 거래가 될 거라고 생각했다. 더 이상 바라는 건 없었다.

"아니에요, 받을 수 없어요. 공짜라고 말씀 드렸잖아요, 감사의 표시로……"

"걱정 마라, 사투르니노. 일을 훌륭히 했으면 당연히 수고비를 받아야지."

할아버지가 내 손에 지폐를 쥐어 주며 다시 말했다.

"한 가지 생각을 해 봤단다. 너 말이다…… 참, 그런데 집은 어디지?"

대답이 쉽게 나오지 않았다. 할아버지에게 빚진 게 많기는 했지만 슬슬 부담스러워지기 시작했다. 이 동네 출신이라면 나 같은 부랑아에게는 집이 없다는 것도 알고 있을 텐데. 결국 애매하게 대답했다.

"공항 쪽에 살아요."

"저런, 여기서 꽤 멀구나."

나는 어깨를 으쓱해 보였다.

"그래도 매일 오는걸요."

"글은 읽을 줄 아니?"

계속되는 질문이 마음에 거슬렸다. 도대체 무슨 꿍꿍이속이지?

"그럭저럭요. 예전에는 학교에 다녔거든요."

"예전이라니?"

나는 대답하지 않았다.

할아버지도 굳이 대답을 기다리지 않고 작은 명함에다 뭔가를
끼적거렸다.

"이 주소가 어디쯤인지 알겠니?"

로사리오 거리 32번지……. 예전에 시청이 있던 동네였다.

"내일 오려무나, 사투르니노. 시간이 될 때 오렴……. 일을 끝
낸 다음에. 나는 하루 종일 있을 거란다. 친구들도 같이…… 조금
전에 본 친구도 좋고, 원한다면 다른 친구들을 데려와도 좋아."

나는 할아버지를 바라보며 눈을 깜박거렸다. 그의 집에 간다는
것 자체가 마음에 들지 않았다. 무슨 꿍꿍이속인지를 짐작할 수가
없었다. 아니, 무슨 속셈인지 훤히 들여다보이는 것 같기도 했다.

할아버지는 몸을 일으키며 내 머리를 헝클었다.

"내일 보자. 언제든 원할 때 오렴. 꼭 왔으면 좋겠구나. 만일 너무 늦게 끝나면 차로 데려다 주마!"

뭐가 끝난다는 말이지?

하지만 할아버지는 벌써 저만치 멀어지고 있었다.

명함을 들여다보았다. 신사들이나 가지고 다니는 진짜 명함이었다. 볼록한 글씨로 이렇게 쓰여 있었다.

8

해가 떨어지기 무섭게 한기가 찾아 들었다. 비어 있는 낡은 경비 초소에 살기 시작한 뒤로는 길에서 종이 상자에 들어가 한뎃잠을 잘 때보다 안전하게 느껴졌다. 그래도 불을 피울 수는 없었다. 보안 요원한테 바로 발각될 테니까. 아술라가 루시아에게 몸을 비비댔다. 루시아는 새 담요를 코까지 포근하게 올려 덮고 누워 있었다. 절뚝이가 주머니에서 미국산 담배 꽁초를 꺼내 뜯으며 말했다.

"위험할 게 뭐 있어? 우린 셋이고 그쪽은 노친네잖아. 그리고 나쁠 거 없잖아. 돈도 많아 보이던데."

"내 말이 그 말이야! 돈 많은 노친네가 도대체 왜 우리한테 관심을 보이난 말이야!"

"넌 너무 겁이 많아."

나는 어깨를 으쓱했다.

"겁나서 그러는 게 아니라 루시아 때문에 그래. 잘 알지도 못하면서."

절뚝이가 나에게 담배를 건넸다. 담배의 쓴맛 때문에 목이 따끔거렸다. 몇 시간째 할아버지의 초대에 대해 이야기하는 중이었다. 절뚝이는 일단 가 보자는 쪽이었지만, 나는 할아버지의 이상한 말을 잊을 수 없었다.

망가진 문 틈새로 활주로가 보였다. 저 멀리 비행기 전조등이 줄지어 있었다. 아르헨티나 항공 소속 맥도널 더글러스 비행기였다. 나는 이착륙 시간, 비행기 번호, 비행기 종류를 죄다 외우고 있었다.

요란한 제트엔진 소음이 공기를 갈랐다. 기장이 가속을 시작한 것이다. 비행기가 전속력으로 활주로를 내닫자 전조등이 무시무시한 속도로 다가왔다. 땅이 흔들리기 시작했다. 윙윙거리는 엔진 소리 때문에 옴짝달싹할 수가 없었다. 루시아가 입을 크게 벌린 채 내 팔에 찰싹 달라붙었다. 루시아는 비행기가 이륙할 때마다 엔진 소리를 덮으려 있는 힘껏 소리를 질렀다. 하지만 엔진을 이길 수는 없었다. 비행기가 세상이 떠나가게 시끄러운 소리를 내며 우리에게 덤벼들었다. 그 소리가 어찌나 요란하던지, 처음에는 비행기가 뜰 때마다, 이러다 우리가 죽지나 않을까 싶을 정도였다. 비행기는 우리를 짓이겨 버리기 일보 직전에 하늘로 올라갔다. 전조등이 밤하늘로 치솟더니 왼편으로 돌아 레알 산맥 너머로 사라졌다.

귀가 먹먹했지만 나는 루시아에게 늑대 이야기를 들려주겠다고 했다. 하지만 루시아는 고개를 가로젓고 아술라를 품에 안으며 물었다.

"새끼는 언제쯤 나올까?"

"곧 나오겠지."

"내일?"

"어쩌면……."

어느덧 아술라의 배가 잔뜩 부풀어 있었다. 배를 쓰다듬어 보았다. 그 안에 새끼들이 들어 있다고 생각하니 기분이 이상했다. 루시아는 엄마가 우리를 재울 때 불러 주던 자장가를 흥얼거리기 시작했다.

비둘기 한 마리를 키웠지
그냥 심심풀이로
하지만 비둘기가 사라진 후

나는 울고 말았네……

엄마는 자장가를 수도 없이 많이 알았다. 그중에서도 이 곡은 엄마가 수백만 번은 불러 준 것이었다. 루시아는 놀랍게도 마치 어제 들은 양 고스란히 노랫말을 기억했다. 노래를 들으며 지난날을 머릿속에 그려 보았다. 엄마 아빠와 함께 야야구아에 살던 시절을…….

덤프트럭 운전석에 앉은 아빠……. 무지막지한 바퀴가 달린, 엄청나게 큰 차였다. 백 톤도 넘는 광석을 단번에 분쇄기까지 실어 나를 수 있는, 선사시대에서 튀어나온 듯한 괴물이었다. 아빠는 십 년치 봉급을 합해도 바퀴 하나 살 수 없을 만큼 비싼 차라고 입버릇처럼 말했다. 마치 차 주인이라도 되는 양 자랑스러워했다. 엄마 생각도 난다. 해가 기울어 어둑어둑할 때면 문이 삐걱거린다. 광석 골라 내는 일을 마친 엄마가 돌아온 것이다. 양손과 얼굴은 온통 먼지 때문에 잿빛이 되어 있다. 엄마는 대야에 물을 받아 재빨리 몸을 씻은 다음 우리를 품에 안는다. 남자처럼 단단한 엄마의 몸…….

갑자기 이 모두가 까마득한 옛날 일처럼 느껴졌다. 혹시 다 내가 지어낸 얘기면 어쩌지?

다른 생각을 해야 했다.

"비둘기는 날아가 버렸네……"

루시아는 이렇게 중얼거리고 나서 바로 잠들어 버렸다. 아술라
는 모터처럼 가르릉거렸고, 절뚝이는 이미 코를 드렁드렁 골고 있
었다. 나는 절뚝이를 팔꿈치로 찔러 코골이를 잠재우고 나서 밖으
로 나갔다. 활주로에는 조명등이 깜박이고 있었고, 하늘에는 별들
이 점점이 수놓여 있었다.

일진이 좋은 날…….

아침에 공주님을 보고서 이렇게 생각했다. 그 생각이 맞았는지
틀렸는지 아직도 종잡을 수가 없었다. 공주님 때문에 원숭이들한
테 잡혀갈 뻔했다. 큰일을 당할 뻔한 것이다! 달리 보면, 공주님
덕분에 할아버지를 만났고, 할아버지 덕분에 감방에서 썩는 일을
피했다.

하지만 그 이상한 초대가 마음에 걸렸다. 도무지 어떡하면 좋을
지 알 수가 없었다.

활주로의 조명등이 꺼졌다. 더 이상 이착륙하는 비행기가 없는
모양이었다. 막 경비 초소로 들어가려는데, 별똥별이 하나 떨어졌
다. 슈욱…… 꼬리가 길게 늘어졌다. 그러더니 일순간에 사라져
버렸다.

엄마는 별똥별이 보일 때마다, "행복해지고 싶거든 소원을 빌
어!" 하고 말했다. 그렇지만 어느 날 밤, 아빠가 별똥별은 몇 그램

밖에 나가지 않는다고 말해 주었다. 기껏 몇 그램일 뿐이라고.

몇 그램으로 행복해질 수 있다니, 그것 괜찮은데?

루시아 곁에 몸을 뉘면서, 내일 약속 장소에 가겠구나, 하고 생
각했다.

9

로사리오 거리, 구시청 바로 뒤편……

우리가 절대 발을 들여놓을 일이 없는 동네였다. 게다가 질이 안 좋은 사람들 몇몇 빼고는 아무도 그쪽으로 가지 않았다.

버려진 것과 다름없는 동네였다. 낡은 집들은 이미 철거된 지 오래였다. 대통령이 상업 지구를 건설하겠다고 나섰기 때문이다. 이 구질구질한 동네를 최신식 금융가로 탈바꿈시킬 계획이라고 했다. 맨해튼처럼 철근 콘크리트 건물들과 고층 빌딩들이 들어설 거라고 했다. 대통령이 그렇게 약속했다나. 하지만 공사장은 하나 씩 둘씩 작업을 중단했고, 완성된 건 아무것도 없었다. 여기저기 에 벽면, 폐허, 잔해, 콘크리트 더미, 녹슨 고철 무더기만 즐비했다. 옛 건물들의 유적이라거나 새로운 건물들의 기초라고 우길 만한 형편도 아니었다. 대통령이 돈을 하도 많이 빼돌리는 바람에 공사 비용이 남아나지 않았다고들 했다.

로사리오 거리 32번지에는 드물게도 커다란 건물이 남아 있었다. 벽에는 곰팡이가 슬고 창문에는 쇠창살이 쳐져 있는, 동네 풍경만큼이나 텅 비고 버려진 것 같은 건물이었다. 늦은 오후, 무더위가 기승을 부리고 있었다. 파리들이 윙윙거렸고, 커다란 회색 도마뱀들이 돌 틈 사이로 슬그머니 빠져나갔다. 그곳에서 어슬렁거리던 사람들이 우리를 바라보았다. 코카인 찌꺼기인 바소카를 몰래 파는 사람들이었다. 물론 우리는 단골손님과는 거리가 멀었다.

절뚝이가 절름거리며 내 곁으로 왔다.

"여기가 확실해?"

나는 할아버지가 적어 준 주소를 다시 한 번 들여다보았다.

"문 위에 뭐라고 쓰여 있어."

절뚝이가 알려 주었다.

절뚝이는 학교 근처에도 가 본 일이 없고, 루시아는 그럴 겨를도 없었다. 글을 읽을 줄 아는 건 나뿐이었다.

"시립 음악 학교."

"말도 안 돼! 난 절대 안 들어가, 절대로!"

하지만 루시아는 이미 문 앞에 다가서 있었다. 그러더니 문에
귀를 딱 붙인 채 한 손가락을 입술에 대고는 따라오라는 신호를
보냈다.

10

음악 소리가 들려왔다. 이상한 음악이었다. 라디오에서 나오는 것이나 거리의 악사들이 연주하는 것과는 전혀 달랐다. 장중한 소리가 우리를 에워싸고 뱃속을 가득 채웠다. 음악이 몸 안으로 미끄러져 들어오는 것 같았다.

나는 그때껏 그런 소리를 들어 본 일이 없었다. 절뚝이도, 루시아도 마찬가지였다. 누구라도 마찬가지였을 것이다.

루시아가 손잡이를 돌리자 커다란 문이 삐걱거리며 열렸다. 희미한 빛 가운데 복도가 뻗어 있었다. 곰팡내와 먼지내가 났다. 복도 끝에서 반쯤 열린 문틈으로 한 줄기 빛이 새어 나오고 있었다. 음악은 그곳에서 들려왔다.

"그냥 가자. 이건 보통 음악이 아니야."

절뚝이가 속삭였다.

하지만 루시아는 복도 끝까지 걸어갔다.

"쟤 미친 거 아냐? 그냥 가자니까. 무서워 죽겠어."

절뚝이는 뒤틀린 다리를 빠르게 놀려 도망쳐 버렸다. 나는 살금살금 걸어 루시아 쪽으로 갔다. 음악이 우리를 둘러쌌다. 벽에서, 바닥에서, 천장에서, 여기저기서 음악이 한꺼번에 쏟아지는 것 같았다…… 마치 살아 있는 것처럼.

아무것도 보이지 않았지만, 우리는 어둠 속에 숨어 귀를 기울였다. 루시아가 한 발짝 앞으로 내딛자 내 팔등의 털이 쭈뼛 곤두섰다. 루시아를 따라 발걸음을 떼니 심장이 북처럼 쿵쿵거렸다. 몸이 떨렸다. 무슨 일이 벌어질까 짐작조차 할 수 없었다.

할아버지가 눈을 내리깐 채 어떤 악기를 끌어안고 방 한가운데 앉아 있었다. 처음 보는 악기였다. 바이올린 비슷한 것이었지만, 너무 커서 허벅지 사이에 끼워야 했다.

할아버지의 왼손이 악기의 목을 따라 빠르게 움직였고, 활이 줄 위로 미끄러졌다. 방에는 음악 소리가 가득했다. 머리끝에서 발끝까지 떨려 왔다. 루시아가 내 어깨에 꼭 매달렸다.

할아버지의 눈이 두세 번 우리 쪽으로 향하는가 싶더니 그 얼굴에 보일락 말락 미소가 피어올랐다. 할아버지는 우리가 왔다는 것을 알면서도 짐짓 모르는 척 연주를 계속했다.

아주 길고 아주 낮은 음을 마지막으로 해서 연주가 끝났다. 음이 우리로부터 멀어지는 것 같았다. 저 멀리로 영영 사라진 것 같았다. 할아버지는 말없이 우리에게 미소 지었다. 침묵에도 음악이 가득 서려 있었다. 움직일 엄두가 나지 않았다. 마침내 할아버지가 몸을 굽히자 루시아가 박수를 치기 시작했다.

등 뒤에서 또다른 박수 소리가 들려왔다. 절뚝이었다.

11

"맙소사, 댁이 연주한 거, 진짜 멋지네요. 온몸이 찌릿찌릿했어
요."

한참 후 절뚝이가 웅얼거렸다.

할아버지는 "선생님이 연주하신 것이라고 해야지" 하고 말하는
대신 그저 고개만 끄덕였다.

"아주 오래된 음악이란다. 이백오십 년도 더 됐지. 바흐라는 사
람이 작곡한 곡이야. 요한 세바스티안 바흐."

"이백오십 년도 더 됐다고요? 그렇다면 진짜 구닥다리네요!
그래도 멋지긴 해요. 댁이 들고 있는 그 큰 바이올린은 이름이 뭐
예요?"

"첼로라고 한단다. 가까이 와서 귀를 대 보렴."

절뚝이가 악기에 머리를 가져다 대자 할아버지가 활을 잡더니 오랫동안 아주 낮은 음을 냈다. 절뚝이는 눈을 게슴츠레 뜬 채, 음이 완전히 멈출 때까지 가만히 울림판에 붙어 있었다.

"우아…… 다시 해 주세요!"

루시아가 살그머니 다가가 악기에 귀를 댔다. 할아버지는 내게도 가까이 오라는 신호를 하고는 다시 연주를 시작했다. 우리 셋은 거머리처럼 악기에 찰싹 들러붙었다.

음악이 내 몸속으로 스며들었다. 음악이 팔딱거렸다, 올라갔다, 내려갔다, 떨렸다……. 할아버지가 연주하는 음악의 일부가 되어, 첼로 안에서 살고 있는 것 같았다.

연주가 멈추자 루시아가 눈물을 흘렸다.

할아버지가 주머니에서 하얀 손수건을 꺼내 루시아에게 건넸다. 하얀 손수건을 어디다 쌓아 놓기라도 한 모양이었다.

"괜찮아요. 좋아서 그래요. 너무 좋아서 우는 거예요!"

루시아가 딸꾹질을 하면서 미소 지었다.

"이거 큰일인데."

절뚝이가 이렇게 중얼거리더니 할아버지를 향해 말했다.

"나도요. 속에서 이상한 기분이 들었어요. 웃으면서 울고 싶은 기분이요. 뭔가 좀…… 뭐라고 하면 좋을까? 댁이 연주한 게 멋지긴 해요. 엄청 멋진데, 너무 슬프잖아요……. 뭐 좀 재미있는 거 없어요?"

"재미있는 거라……."

할아버지가 미간을 찡그렸다.

"따라오렴."

전날 있었던 일은 모두 잊혀진 지 오래였다. 우리는 망설임 없이 할아버지를 따라 작은 방으로 갔다. 벽을 가득 메운 선반마다 음반이 빽빽이 들어차 있었다. 사방에 널린 게 음반이었다! 셀 수도 없을 정도였다! 세상에 그렇게 많은 음반이 있는 줄 미처 몰랐다. 게다가 마요르 광장에서 제일 큰 히간테 상점 진열장에서 본 것보다 훨씬 큰 전축까지 있었다. 히간테에서 파는 전축도 수천만 센타보는 줘야 살 수 있는데!

"댁은 진짜 부자인 모양이네요."

절뚝이가 말했다.

할아버지는 대답 없이 음반들을 뒤적거리더니 한 장을 꺼냈다. 나는 할아버지가 전축에 음반을 거는 동안 재킷을 슬쩍 보았다. 어마어마한 오케스트라의 사진이었다. 바이올린, 첼로, 트럼펫, 플루트…… 그 밖에도 내가 처음 보는 악기들까지. 연주자 수십 명이 보면대 뒤에 앉아 한 사람만 바라보고 있었다. 흠잡을 데 없는 옷차림에, 손에는 막대기를 들고 있는 남자였다. 모두 그 사람이 연주를 시작하라는 신호를 보내기만 기다리는 것 같았다. 막대기를 쥔 사람은 바로 할아버지였다. 몇 년 된 사진이긴 했지만 내 눈은 확실했다. 할아버지의 이름이 커다란 글씨로 박혀 있었다.

로메로 비얀데스
빈 신년 음악회

도대체 무슨 소리지? 할아버지가 나한테 찡긋 윙크를 했다.

12

둥둥거리는 북소리가 나는가 싶더니 돌연 오케스트라 전체가 연주를 시작했다. 모든 연주자들이 한꺼번에! 엄청나게 커다란 케이크를 마구 먹는 것처럼, 믿기지 않으리만큼 흥겨웠다. 듣기만 해도 신나게 달리고, 펄쩍 뛰고, 춤추고, 소리를 지르고 싶어졌다. 어떤 부분에서는 사람들이 손뼉을 쳤다. 그러면 절뚝이와 나도 같이 손뼉을 치기 시작했다. 루시아는 제자리에서 뱅뱅 돌았다. 이렇게 신나는 건 처음 들어 보았다. 우레 같은 박수갈채가 터져 나오면서 음악이 끝났다. 할아버지는 미소를 띤 채 우리를 바라보고 있었다. 녹음하던 날 할아버지가 어떤 모습이었을까 마음속으로 그려 보았다. 바로 저렇게 미소를 띠고 오케스트라 앞에 당당하게 섰겠지. 다른 사람들이 좋아하는 모습에 만족했겠지.

절뚝이가 들떠서 발을 굴러 댔다.

"이거 죽이는데요! 정말 끝내줘요. 댁이 만든 음악이에요?"

"아니, 나는 오케스트라 지휘만 했단다. 방금 그 곡은 「라데츠키 행진곡」이라고 하는데, 네 말을 빌리자면 그 곡을 '만든' 사람은 요한 슈트라우스란다. 오스트리아 사람이지."

"요한 슈트라우스…… 댁 친구예요? 잘 아는 사이예요? 그렇다면 그 사람이랑 꼭 악수 한번 하고 싶어요."

"쉬운 일은 아니겠구나. 벌써 꽤 오래전에 죽은 사람이니까. 그런데 말이다……"

곰곰이 생각에 잠기는가 싶더니 할아버지가 말을 이었다.

"그런데 말이다, 어쩌면 그 사람이 만든 음악을 네가 연주할 수 있지 않을까 싶구나. 너희 셋 다 말이야. 물론 다른 친구들도……"

우리는 단단히 미친 사람을 보듯 할아버지를 바라보았다. 할아버지의 얼굴에 자글자글 주름이 잡히더니 미소가 피어올랐다. 그러더니 가느다랗게 실눈을 짓는 게 아닌가. 꼭 중국 사람 같았다.

"우린 연주할 줄 모르잖아요. 이런 악기들, 하나도 연주할 줄 몰라요."

내가 조그맣게 말했다.

"내가 가르쳐 준다면 얘기가 달라지지 않을까?"

절뚝이가 할아버지를 뚫어져라 쳐다보았다.

"우리가 정말로 어쩌구스키 행진곡을 연주할 수 있을 거라고요?"

"라데츠키. 안 될 게 뭐 있겠니? 물론 당장은 힘들겠지. 일단 배우기도 하고 연습도 해야 하니까. 하지만 조금만 끈기 있게 노력한다면 분명 할 수 있을 거야. 그것 말고 다른 음악도 연주할 수 있을 거야. 즐거운 음악도, 슬픈 음악도 말이다."

"음반에서 들은 것처럼 좋을까요?"

"음반에서 오케스트라를 지휘한 사람이 바로 나 아니겠니. 그러니까 너희가 연주한다 해도 그만큼 좋지 못할 이유가 없지."

"그럼 악기는요? 악기는 어떡해요? 우린 악기가 없잖아요."

"그건 내가 알아서 하마. 하지만 연주자 세 명 가지고는 부족해. 여럿이 있어야지. 같이 하고 싶어할 친구들이 필요해."

할아버지가 말했다.

"우리는 셋뿐인데요."

"시작이 반이지. 그러니까 사투르니노, 루시아, 또……"

"절뚝이요."

"진짜 이름은?"

"절뚝이가 진짜 이름이에요. 전에는……"

절뚝이는 머뭇거리는 눈치더니 갑자기 질겁한 얼굴로 나를 바라보았다.

"이런 젠장! 전에는 분명히 다른 이름이 있었단 말야……. 그런데 기억이 안 나!"

당장이라도 울음을 터뜨릴 것 같은 표정이었다.

13

"사투르노! 야, 사투르노!"

절뚝이가 내 어깨를 흔들었다. 아직 깜깜했다.

"좀 작게 말해! 루시아가 깨면 어떡해?"

나는 담요를 끌어 올려 루시아의 어깨를 덮어 주었다. 그 옆에서 아술라가 몸을 동그랗게 말았다.

"사투르노, 잠이 안 와……. 또 잊어버렸어."

"뭐가? 네 이름?"

"내 이름 말고! 노친네 집에서 들은 거 말이야, 그게 뭐더라? 무슨 행진곡이랬는데……"

"그것 때문에 깨웠다고?"

"중요한 문제야, 사투르노. 나도 잘은 모르겠지만, 중요한 문제
란 건 분명해! 더 심각한 문제는 내가 그 곡조도 잊어버렸다는 거
지만."

아닌 척하기는 했지만 사실 나도 그랬다. 첼로를 켜는 꿈을 꾸
면서 잠들었고, 계속해서 할아버지와 음악 꿈만 꿨다. 제목 따위
는 기억나지 않았다. 발음하기도 힘든 제목이었다는 것만 기억날
뿐. 하지만 곡조는 밤새도록 내 머릿속을 떠나지 않았다. 첫 부분
을 휘파람으로 불어 보았다.

"그래! 그거야! 너 진짜 끝내준다!"

절뚝이의 입에서 탄성이 터졌다.

우리는 아예 노래하기 시작했다. 잠에서 깬 루시아가 얼빠진 표
정으로 우리를 바라보았다.

"지금 뭐 해?"

"아무것도 아냐. 사투르노, 가자. 밖에 나가서 얘기하자."

절뚝이가 속닥거렸다.

첫 번째 비행기가 곧 도착할 시간이었다. 낡은 국내선 안토노프
프로펠러기였다. 우리가 밖으로 나가자마자 활주로등에 불이 들
어왔다. 저 멀리 레알 산맥의 모습이 어슴푸레 드러났다. 어두운
하늘 위로 비행기가 가느다랗고 밝은 선을 그으며 다가왔고, 잔디
위에 맺힌 이슬 방울들이 별처럼 반짝였다.

"봐. 우리를 맞아 주는 거야. 유명한 음악가 두 명, 사투르노와
절뚝이를 환영하는 거라고."

절뚝이가 우스개를 부리면서, 할아버지가 그랬던 것처럼 레알
산맥을 향해 허리를 굽혀 인사했다. 그러더니 주머니에서 담배 꽁
초를 꺼냈다.

"우리도 언젠가는 음반을 내겠지. 연주가 끝나면 사람들이 박
수도 치고…… . 정말 그런 날이 올까?"

절뚝이가 내게 담배를 건넸다. 우리는 함께 어쩌고저쩌고 행진
곡을 흥얼거렸다. 윙윙거리는 비행기 소리가 밤 공기를 가르며 꿰
뚫고 들려오자 목소리를 높였다. 비행기가 가까워질수록 우리의
노랫소리도 점점 커졌다. 비행기가 우리 앞에 멈췄을 때, 우리는
엔진 소리를 이겨 보겠다며 미친놈들처럼 고래고래 악을 써 대고
있었다.

너무 웃어서 눈물이 났다. 옆을 흘깃 봤더니 절뚝이도 눈물을
흘리고 있었다. 하지만 절뚝이가 진짜로 울고 있다는 사실을 깨닫
기까지는 시간이 조금 걸렸다. 우리가 알고 지낸 뒤로 그 애가 우
는 건 처음이었다.

"왜 그래?"

절뚝이는 내 눈을 피하면서 어깨를 으쓱했다.

"사투르노, 우리가 음반을 내게 될 때 말이야, 재킷에다가 어떤

이름을 넣어야 할까?"

"내 이럴 줄 알았어. 오 분 전만 해도 신경 안 쓴다더니, 또 이름 타령이냐!"

"그렇게 말하긴 했지만 진심은 아니었어! 어제 저녁부터 계속 고민 돼. 너, 루시아, 노친네…… 다들 이름이 있잖아. 진짜 이름 말이야. 절뚝이처럼 말도 안 되는 이름 말고. 벌써 한참 전부터 아무도 내 진짜 이름을 불러 주지 않아서 이젠 잊어버렸어."

"그래도 그렇지, 너희 엄마 아빠가 불러 주던 이름은 기억날 거 아냐?"

절뚝이가 마지못해 웃으며 대답했다.

"엄마를 본 건 내가 태어난 날 딱 한 번뿐이야. 이젠 기억도 안나. 내 다리 때문에 겁이 났나 봐. 그러니까 날 버리고 떠났겠지. 이름도 안 지어 주고 가 버렸다니까. 내 이름은 사람들이 나중에 지어 준 거야. 누가 지었는지는 모르지만……."

절뚝이가 손가락을 튀기자 담배 꽁초는 작은 별똥별처럼 날아 풀숲에 떨어졌다. 절뚝이의 말이 이어졌다.

"우리 엄만 진짜로 예뻤을 거야. 이 근방에 살고 있지 않을까 싶을 때도 있어. 내가 이 근처에서, 시장에서 매일 마주치는 사람들 속에 있을지도 모르지. 서로 못 알아보는 것뿐일지도 몰라. 어쩌면 내가 말을 걸어 본 사람 중에 엄마가 있었을 수도 있지. 네 생각은 어때?"

비행기가 활주로 끄트머리에 내려앉은 다음 유턴을 했다. 우리는 경비 초소로 돌아갔다. 근처에서 얼쩡거리다 들켜서 좋을 게 없었다.

"근데 너네 엄마는 어땠냐?"

비행기가 활주로를 따라 달려왔다. 소리가 너무 요란해서 대답을 할 수 없었다.

14

할아버지는 우리 셋으로는 성이 차지 않았던 모양이다.

이튿날이 되자 열 명 남짓한 아이들이 음악 학교 주변에서 서성거렸다. 부랑아, 구두닦이, 신문팔이, 노점상, 세차원, 묘비 청소원, 넝마주이…… 여자 남자 할 것 없이 모두 우리 같은 아이들이었다. 대개 아는 얼굴들이긴 했지만 우리는 서로 피해 다니는 처지였다. 제 앞가림만으로도 벅차서 다른 사람에 관심을 둘 여유가 없었다. 각자의 구역, 각자의 거리, 각자의 전공에만 신경 쓸 것. 그게 규칙이었다.

그나마 우리와 알고 지내던 아이는 딱 한 명, 말더듬이 타르타무도뿐이었다.

"너너너너희희희도도도도······"

타르타무도랑 얘기를 할 때는 차라리 먼저 말해 버리는 편이 낫다.

"응, 우리도 음악 때문에 왔어."

타르타무도의 전공은 밀수 담배였다. 노새 등에 실려 레알 산맥을 지나오는 미국 담배들을 내다 파는 것이었다. 오솔길을 굽이굽이 돌아 산꼭대기까지 올라갈 생각에 세관에서도 지레 단속을 포기해 버렸다. 타르타무도는 낮에는 시장에서, 밤이면 술집을 돌아다니며 밀수 담배를 한 갑씩 팔았다. 누구나 이 사실을 알고 있었다. 원숭이들은 별것 아닌 일로도 사람을 체포해 가는 주제에, 죽어서도 갚지 못할 만큼 엄청난 벌금을 물리겠다고 타르타무도를 을러댔다. 그리고 그 애가 제 가방을 열어 보이면 담배를 뭉치째 집어 가곤 하는 것이었다.

어쩌다 타르타무도가 여기까지 왔을까? 원숭이들과 문제가 생겼을 때 또 할아버지가 끼어들어 휴대전화를 가지고 연극을 꾸미기라도 했나? 하지만 아예 질문을 하지 않는 쪽이 편하다. 대답 한번 들으려면 몇 시간이고 기다려야 하니까.

계단 위에서 할아버지가 우리에게 손짓을 보냈다. 그러더니 또 중국 사람처럼 눈을 가느다랗게 만들어 미소를 지으며 말했다.

"사투르니노, 루시아······ 다들 이리 오려무나!"

아무도 움직이지 않았다.

"친구들, 어서! 이쪽으로!"

할아버지가 다시 우리를 불렀다.

도망가는 아이들도 있었다. 너무나 이상한 일이었다. 저렇게 잘 차려입은 노인이 우리를 '친구들'이라고 부르다니……. 결국 용기를 내어 할아버지 앞으로 간 것은 예닐곱 명뿐이었다. 하지만 아무도 감히 눈을 들어 쳐다보지는 못했다.

전날 들어가 본 방 안에 악기들이 반듯하게 줄지어 세워져 있었다. 플루트, 바이올린, 첼로 여럿, 트럼펫 하나…….

문득, 도대체 내가 여기 뭣 하러 와 있나 싶었다. 평생 벌어도 살 수 없을 만큼 값나가는 악기들일 텐데, 이를 어쩌지…….

야야구아를 떠난 뒤로 나는 혼자 살아남는 법을 배웠다. 하지만 할아버지가 뭘 바라는지 이해할 수가 없었다. 음반 재킷에서 본 멋진 오케스트라나 지휘할 일이지, 왜 갑자기 부랑아 무리에 관심을 갖느냔 말이다.

할아버지의 곁에는 스무 살 안팎의 남자와 여자가 서 있었다. 할아버지가 그 둘의 어깨에 손을 짚으며 말했다.

"후안과 아나소피아가 악기 고르는 걸 도와줄 거다. 아주 오래된 제자들이라 이제는 내 아이들이나 다름없지."

아나소피아는 공주님처럼 예쁘지는 않았다. 전혀 예쁜 얼굴이 아니라고 할 사람들도 있을 것이다. 하지만 아나소피아가 미소를 짓자, 갑자기 천 배나 더 매력적이고, 천 배나 더 눈부시고, 천 배나 더…… 내가 아는 말로는 제대로 설명하기도 힘들다. 세상에 존재하는 말로는 어림도 없을지 모르겠다. 아무튼 아나소피아와 함께라면 세상의 모든 악기를 배울 수도 있을 것 같았다.

"친구들, 이쪽으로."

할아버지가 다시 말했다.

루시아가 제일 처음 나섰다. 손가락 끝으로 플루트를 만지작거리더니 불어 보려고 했다. 아나소피아도 플루트를 집어 들고 말했다.

"이것 보렴, 이렇게……."

아나소피아의 플루트에서 폭포수처럼 음이 쏟아져 나왔다. 루시아가 미소를 짓더니 저도 플루트를 불어 보았다. 하지만 온 힘을 다해도 아무 소리도 나지 않았다.

"조금 더 부드럽게. 훨씬 더 부드럽게 숨을 쉬어 봐."

아나소피아가 루시아에게 플루트 잡는 요령을 일러주었다. 나는 밤새 첼로 꿈을 꾼 데다, 하루 종일 장중하면서 부드러운 첼로 소리를 떠올리며 커다란 악기를 끌어안고 있는 내 모습을 상상했다. 하지만 아나소피아의 손이 내 손 위에 포개지는 모습을 그려 보자니 어느덧 플루트 쪽으로 기울었다.

“자, 이제 직접 해 보렴.”

루시아가 다시 불어 보았다.

아무 소리도 나지 않았다.

스무 번쯤 다시 불어 보았지만 루시아는 끝내 아무 소리도 내지 못했다. 아나소피아는 매번 루시아의 입술에 닿아 있는 플루트의 위치를 살짝살짝 바꿔 놓았다. 분한 마음에 루시아의 눈에 눈물이 고였다. 누구 하나 입을 열지도, 움직이지도 않았다. 모두 루시아의 뒷모습만 뚫어져라 바라보았다. 등을 돌리고 선 루시아의 머리카락과, 플루트 끝에 겨우 닿는 팔밖에 보이지 않았다.

“이번에는 성공할 거야. 확실해.”

입술을 세게 깨무는 바람에 혀끝에 피 맛이 느껴졌다. 제발 성공했으면!

루시아가 플루트에 입술을 갖다 대었다. 소리가 났다. 알을 깨고 나온 병아리처럼 어설프고 가냘팠지만 진짜 플루트 소리였다.

“거봐, 내가 뭐랬어.”

아나소피아가 아무렇지도 않은 듯이 말했다.

루시아가 기뻐서 동그래진 눈으로 나를 바라보았다.

15

　대부분 플루트나 바이올린을 골랐다. 플루트를 고른 아이들은 아나소피아와 함께 위층으로 올라갔고, 바이올린을 고른 아이들은 후안을 따라갔다. 후안은 아이들을 한 명씩 붙들고, 활 잡는 법과 악기를 떨어뜨리지 않고 턱 아래에 끼우는 법을 가르쳐 주었다.

　결정을 내리지 못하고 망설이는 아이들은 세 명이었다. 절뚝이, 타르타무도, 그리고 나. 나는 아나소피아의 손길과 간밤의 꿈 사이에서 도무지 마음을 정할 수가 없었다. 하지만 결국 첼로를 선택했다. 첼로를 고른 것은 나 하나뿐이어서 할아버지를 독점할 수 있다는 생각에 기분이 좋았다.

수업은 곧장 시작되었다. 할아버지가 내 곁에 앉아 팔의 위치를 잡아 주었다. 저음을 내는 현을 따라 활이 미끄러지자 머리끝에서 발끝까지 떨리고 눈물이 핑 돌았다. 왠지는 모르겠지만 첼로 소리를 들으면 야야구아가 떠올랐다.

"이제 네 차례다."

할아버지의 눈짓에 힘을 얻어 방금 본 대로 활을 그었더니 현에서 소리가 났다. 나는 예상치 못한 성공에 놀라, 다시 침묵이 찾아올 때까지 가만히 듣고만 있었다.

"첫 소리구나, 사투르니노. 제일 중요한 소리지. 첫 소리가 마음에 들어야 앞으로 내게 될 수많은 소리들도 좋아지거든. 강물과 같은 이치란다. 땅에서 솟는 샘을 막을 수는 없는 법 아니겠니."

할아버지는 가끔 이렇게 당최 알아들을 수 없는 얘기를 했다.

이상한 소리, 휘파람 소리, 삐걱삐걱 소리, 찢어질 듯 날카로운 소리, 성난 고양이 울음소리 같은 것들이 조금씩 들려오더니 어느덧 음악 학교를 가득 메웠다.

절뚝이는 결국 하나뿐인 트럼펫에 마음을 빼앗겼다. 배가 볼록 나온 자그마한 남자가 절뚝이를 가르치고 있었다. 조금 전에 질겁한 얼굴로 땀을 줄줄 흘리며 헐레벌떡 뛰어 들어온 남자였다. 그 사람은 이마를 닦으면서 늦게 와서 죄송하다고 몇 번이나 할아버지에게 사과했다. 절뚝이는 대뜸 그 남자에게 찬치토라는 별명을 지어 주었다. 새끼 돼지라는 뜻이었다.

"계속하렴, 사투르니노. 다른 현을 건드리지 않고도 현 하나하나를 연주할 수 있어야 한단다."

찬치토가 자리를 뜨자마자 할아버지가 말했다.

문이 다시 열렸다. 남자애 한 명이 짐짝 나르듯 첼로를 들고 들어오더니 나를 매섭게 바라보았다. 나는 동작을 멈추고 말았다. 우리는 아무 말 없이 서로를 노려보았다.

"여긴 웬일이냐?"

그 자식이 으르렁거리며 물었다.

그 자식의 얼굴 한가운데에 감자처럼 붙어 있는, 커다란 혹이 솟은 비틀린 코는 바로 내 작품이었다.

벌써 두세 번쯤 사카리아스는 루시아를 을러메어 관광객에게 엽서를 판 돈을 빼앗으려고 했다. 그 형편없는 자식은 꼭 저보다 어린 애들만 괴롭혔다. 하지만 루시아를 건드린 건 실수였다. 나는 제일 아픈 데를 골라 쳤다. 코가 부러진 사카리아스가 흙바닥에 피를 흘리며 돼지 새끼처럼 비명을 질러 댔다. 한 번만 더 루시아를 건드리면 그 자식을 갈기갈기 찢어 버릴 생각이었다.

"야, 사투르노! 내 말 안 들려? 여기서 뭐 하느냐고!"

나는 못 들은 척했다. 내가 뭘 하는지 정 모르겠다면 돌아가서 암거래나 하라지.

"서로 아는 사이로구나."

할아버지가 함박웃음을 지으며 말했다.

나는 첼로에만 집중했다. '솔' 음을 제대로 내려고 애써 봤지만 쉽지 않았다. 현끼리 딱 붙어 있다 보니 한 번에 꼭 두 줄씩 짚게 되었다.

사카리아스가 자리에 앉자 할아버지가 등 뒤로 돌아가서 활 잡는 법을 일러주었다. 나를 가르칠 때와 똑같은 말, 똑같은 동작이었다.

할아버지를 독차지할 수 없다는 게 싫었다.

16

해가 저물고도 한참 지나서야 음악 학교를 나섰다. 레알 산맥에서 내려온 습기가 우리에게 들러붙었다.

"그럼 내일 보자꾸나! 언제든 오고 싶을 때 오렴. 악기를 빌려 주고 도와줄 사람도 늘 있을 테니."

우리가 멀어져 가는 모습을 지켜보던 할아버지가 말했다.

"밤에도요?"

절뚝이가 멀리서 물었다.

음악 학교 현관 앞 층계 위에 선 할아버지의 모습이 어둠 속에 어슴푸레 보였다. 하지만 할아버지가 웃고 있다는 걸 알 수 있었다.

"물론이지!"

우리는 다시 발걸음을 옮겼다. 악기를 고를 때만 해도 옆에 있던 타르타무도는 그 뒤로 눈에 띄지 않았다. 어디로 가 버렸는지 아는 사람이 아무도 없었다.

"어쨌거나 그 자식이 트럼펫을 불 때도 평소에 말 더듬듯이 한다면 정말 못 들어 줄 거야."

절뚝이가 실없이 웃으며 말했다.

느닷없이 요란한 소리가 들려오는 바람에 절뚝이가 입을 다물었다. 몇 미터쯤 떨어진 곳에서 한 남자가 발등에 불이라도 떨어진 양 헐레벌떡 뛰어갔다. 그 남자는 숨을 가삐 몰아쉬며 겁에 질린 눈길을 우리 쪽으로 던지고 골목길로 사라졌다. 그와 동시에 귀를 찢는 듯한 사이렌 소리가 고요한 밤거리에 울려 퍼졌다. 푸른색 경광등이 어둠 속에서 번쩍이더니 차 한 대가 구시청 뒤편으로 쏜살같이 달려갔다. 원숭이들을 태우고 시내를 누비는, 커다란 쉐보레 사륜구동차였다. 차가 골목길 입구에서 급정거하자 무기를 든 원숭이들이 밖으로 뛰쳐나왔다. 우리는 옴짝달싹 못하고 어둠 속에 숨어 있었다. 아무것도 보이지 않았다. 그저 비명만 들렸다. 그리고 귀를 찢는 총소리 한 방……. 루시아가 내 팔에 매달렸다. 원숭이들이 신음하는 남자를 질질 끌고 와 차 안에 던져 넣었다. 타이어가 땅을 스치는 소리와 함께 차가 떠났다. 한 남자가 담장에 붙어 몸을 반쯤 눕힌 채, 초점 없는 눈동자로 떠나가는 차를 바라보고 있었다. 손에는 벽보용 풀이 담긴 통이 들려 있었다. 남자는 어깨를 덜덜 떨면서 제풀에 실없이 웃기 시작했다.

할아버지 곁에서 보낸 시간은 이미 옛일이 된 것 같았다. 다시 무시무시한 세계로 돌아온 것이다. 우리는 발걸음을 서둘렀다. 아침 일찍 시장에 가려면 돌아가야 했다.

차들이 공항 도로 위로 씽씽 달렸다. 전조등 때문에 눈이 부셨다. 차들이 우리를 아슬아슬하게 스쳐 지나가는 바람에 전조등 불빛 속으로 먼지처럼 빨려 들어가는 기분이 들었다. 실은 그런 데까지 생각할 여유가 없었다. 방금 본 것은 다 잊고, 그저 음악 학교에서 보낸 시간만 생각하고 싶었다. 첼로의 네 현을 각각 소리 내는 데 성공했다. 도, 솔, 레, 라……. 할아버지가 악보집을 펴 오선 위에 올라앉은 음표들을 보여 주었다. 뭐가 뭔지 알 수는 없었지만 마음에 들었다.

절뚝이가 저는 발로 나를 따라잡았다. 어찌나 몸을 비틀어 대며 오는지, 조각조각 부서져 내리지나 않을지 걱정될 정도였다.

"야, 사투르노! 우리 음반 말인데…… 찬치토한테 얘기해 봤거든. 왜, 그 있잖아, 나한테 트럼펫 시범을 보여 준 뚱뚱보 말이야. 좀 놀란 것 같긴 한데, 괜찮게 여기는 눈치였어."

절뚝이가 말없이 몇 발짝인가 옮긴 다음 다시 말했다.

"한 가지, 재킷 때문에 좀 걸리는 게 있어. 내 이름이 뭔지 아직
도 모르겠단 말이지."

17

공항에 거의 다 도착했을 때 전조등도 켜지 않은 커다란 검정 쉐보레 한 대가 우리 앞을 가로막았다.

도망칠 시간이 없었다. 사실 그런 생각을 할 겨를도 없었다. 손전등 빛 때문에 눈이 부셨다. 몸이 굳어 꼼짝없이 멈춰 서야 했다. 손을 들어 눈을 가리려는데 누군가의 목소리가 채찍처럼 내 몸을 휘감았다.

"거기, 동작 그만!"

목소리의 주인공은 손전등으로 우리를 한 명 한 명 비추면서 뚫어져라 살폈다. 나, 루시아, 절뚝이로 옮겨 가던 불빛이 다시 내 얼굴 위로 쏟아졌다.

"이거, 이거! 이게 누구시더라? 우리, 벌써 오래전부터 아는 사이 아니던가?"

지난번 그 상사였다. 목소리를 듣는 것만으로도 온몸에 식은땀이 흘렀다. 나는 여차하면 루시아라도 도망갈 수 있도록 잡았던 손을 놓았다.

"그래, 도둑 친구, 수호천사는 어디다 뒀지?"

나는 아무 대답도 하지 않았다.

"저런, 혀도 어디다 빼 둔 모양일세!"

"아뇨, 상사님……"

목소리가 갈라져 쇳소리가 났다.

"세뇨르 비얀데스라면, 조금 전에 뵈었어요. 이제 막 돌아오는 길이에요. 그냥…… 그냥 음악을 연주했어요."

"음악이라니! 이게 무슨 소리야!"

원숭이 하나가 헛헛 웃음을 터뜨렸다. 상사가 내 쪽으로 다가왔다.

"이거 봐, 꼬마 도둑, 난 지난번 일이 영 마음에 안 든단 말이다. 너같이 머리에 피도 안 마른 놈들은 더 마음에 안 들어. 이 나라엔 너 같은 놈들이 너무 많아, 너무. 그러니 나라가 이 꼴이지. 그렇게 생각하지 않니? 그런데 말이다, 그보다 더 마음에 안 드는 건, 바로 대통령을 아네 어쩌네, 하면서 내 일을 못 하게 막는 거야. 네 수호천사 말마따나 그건 정당하지가 않아. 민병대 상사의 권위를 무시하다가는 큰코 다치지."

상사는 담배에 불을 붙이고 내 얼굴에 연기를 뿜었다. 겁이 나서 온몸이 얼어붙었다. 등 뒤에서 루시아가 내 옷에 꼭 매달렸다. 어둠 속에서 절뚝이의 거친 숨소리가 드문드문 들렸다. 상사가 한 걸음 다가왔다. 맥주 냄새가 났다.

"그러니까, 곰곰 생각을 해 봤더니, 널 만나면 마음에 안 드는 일만 생기더란 말이다……."

상사가 주머니에서 권총을 꺼내 손전등을 비췄다. 루시아가 저도 모르게 비명을 질렀다.

"걱정하지 마라, 귀여운 꼬마야. 널 쏠 생각은 아니야."

루시아는 머리를 토닥이는 상사의 손길을 피해 펄쩍 뛰어 뒤로 물러났다. 상사가 내 코앞에서 권총을 만지작거렸다.

"네놈 같은 부랑아, 거지, 노숙자 들만 없어도 한결 공기가 맑아지고 경치가 좋아질 거라고 생각하는 사람이 한둘이 아니야. 네놈들한테서는 구질구질한 냄새가 나. 길바닥에서 구걸이나 하면서 건실한 사람들을 괴롭힌단 말이지. 별로 큰일도 아니야. 소음 장치만 끼우고…… 탕! 아무도 눈치채지 못하고, 아무 소리도 안 들릴 거다. 네 시체는 내일쯤 발견되겠지. 어쩌면 영영 발견되지 않을지도 몰라. 부랑자들 사이에서 싸움이 났겠거니 하겠지. 사건

종료! 귀찮은 놈 하나 해치운 셈이지!"

이가 덜덜 떨렸다. 바르가스와 오스카르가 떠올랐다. 그 애들도 이렇게 끝장났구나, 그런 줄 알았어. 맥주 몇 잔을 걸친 다음 심심풀이를 찾던 민병대원들과 맞닥뜨렸던 거야. 아니면 저도 모르는 새 민병대원들의 신경을 건드렸는지두 모르지. 뭐든 가능하고, 상사 같은 작자는 뭐든 할 수 있으니까. 아빠도 떠올랐다. 아빠도 산 앙헬로 부근 외딴길에서 이런 식으로 당했겠지. 아무도 모를 거야.

딸각, 공이를 젖히는 차가운 소리와 함께 상사가 나에게 권총을 겨눴다. 뭔가 축축하고 뜨끈한 것이 다리를 타고 흘러내렸다. 바지에다 오줌을 싸 버린 것이다. 상사의 얼굴에 미소가 떠올랐다. 상사의 손전등이 때묻은 바지 위로 짙게 그려진 얼룩을 비추자 원숭이 하나가 웃음을 터뜨렸다.

상사는 총부리로 내 뺨을 쓰다듬었다.

"알겠냐? 간단히 끝내 버릴 수도 있어. 그런데 내가 왜 네놈을 그냥 둘까?"

나는 고개를 가로저었다.

"겁주자는 거야, 이 도둑놈아. 그냥 겁주자는 거야. 조금 전처럼 오줌이나 지리라고!"

상사는 권총을 집어넣었다. 원숭이 셋이 거들먹거리며 쉐보레 쪽으로 걸어갔다.

"그렇다고 그냥 넘어가겠다는 건 아니다. 우리 사이엔 해결할 게 남아 있으니까. 안 그러냐?"

18

겁이 나서 밤새 제대로 잠을 이룰 수 없었다. 발걸음 소리에도 가슴이 철렁 내려앉았고 부스럭 소리, 공항 도로를 달리는 차 소리에도 간담이 서늘했다. 언제라도 상사가 나타나 권총을 들이댈 것 같았다.

신경이 곤두선 나머지, 전령 멘사헤로가 몰고 온 돌풍에 우리 경비 초소 지붕이 뒤흔들리자 그만 비명을 지르고 말았다. 한참 동안 넋이 나가 있었다. 땀이 줄줄 흐르고 머리끝부터 발끝까지 덜덜 떨렸다. 그러다가 문득 함석지붕 틈새로 흘러 들어온 바람 소리일 뿐이라는 것을 알아차렸다.

"겁주자는 거야, 이 도둑놈아. 그냥 겁주자는 거야……" 하고 상사가 말했지.

나는 손등으로 눈가를 훔쳤다. 상사는 보통내기가 아니었다.

멘사혜로는 해마다 같은 시기에 들이닥치는 돌풍이다. 이 사나운 손님은 갑자기 나타나 지붕을 뒤흔들고, 개들을 안절부절 못하게 만들고, 길바닥에 먼지바람을 일으킨다. 바다 쪽에서는 검고 커다란 구름 덩이들이 몰려와 하늘을 뒤덮는다. 장마를 알리는 신호다. 장마가 시작되면 몇 주일 동안 온 나라가 거대한 스펀지로 변한다.

멘사혜로가 온 지 이렛날이 되면
비가 줄줄 쏟아진다네.

엄마는 설화, 동화, 노래, 속담 같은 것들을 줄줄 꿰고 있었다. 일년이 365일이라면 엄마가 아는 이야기 수는 그보다 더 많았을 것이다. 이젠 거의 다 잊어버렸지만 저 속담만은 기억난다.

밖에서는 바람이 휘몰아치고 있었다. 불과 몇 분 만에, 벽에 스미는 서늘한 습기가 공기에 끈적끈적 배어 들었다. 함석지붕 덜그렁거리는 소리, 뱀이 지나가듯 쉬익쉬익 풀밭 가르는 소리로 밖은 온통 소란했다. 하지만 잠에서 깬 건 나뿐이었다. 나는 절뚝이의 주머니에서 담배를 슬쩍한 다음 담요 속에서 부들부들 떨리는 몸을 웅크렸다.

나는 멘사헤로가 싫었다. 한밤중에 내 잠을 깨운 삼 년 전 그날 이후, 그 바람은 나쁜 기억만 가져다주었다.

나는 갓 열한 살이었고 루시아는 네 살배기 꼬마였다. 야야구아에 살던 시절이었다. 우리는 주석 광산 근처에 사는 노동자들이 만든 방 두 칸짜리 가건물에 살았다. 광산 때문에 동네에는 커다란 개미굴처럼 여기저기 구멍이 나 있었다.

광부들은 모두 삼 주째 파업 중이었다. 야야구아뿐 아니라 전국의 광부들이 작업을 중단했다. 파업이 시작되자 철모를 쓴 민병대원 수백 명이 유탄발사기를 단 소총과 곤봉을 든 채 광산 앞에 진을 쳤다. 기관총을 들고 대기하다가 아야나스 대통령이 명령을 내리기만 하면 곧바로 파업 광부들을 박살 낼 거라는 소문도 자자했다. 아빠는 민병대를 가로막는 데 앞장섰다. 덤프트럭 운전대를 잡고 민병대 코앞까지 나아간 것이다. 민병대는 그 광경을 지켜보던 광부들의 박수갈채와 환호성 속에서 하는 수 없이 뒷걸음쳤다. 아빠는 곧바로 주동자로 지목되었다.

며칠 뒤 멘사헤로가 불어왔다. 광산의 먼지에 익숙한 야야구아 사람들도 바람이 불면 힘겨워했다. 먼지 속에서 몇 년씩 산 사람이라도 매한가지였다. 먼지가 입속으로, 콧구멍으로 파고들었다. 온종일 다갈색 먼지 안개 속에 살아야 했다. 어디를 가도 먼지뿐이었다.

파업이 시작된 뒤로 곡괭이와 쇠몽둥이로 무장한 광부들의 공격이 거의 매일같이 이어졌다. 민병대는 곤봉과 최루탄으로 응수했다. 사람들이 질러 대는 고함이 울부짖는 바람 소리와 뒤섞였다. 양쪽 다 천사는 아닌지라 격렬한 싸움이 벌어지곤 했다. 결국 멘사헤로가 찾아온 지 닷새째 되던 날 양쪽에서 사망자가 나왔다. 마침내 대통령이 광부들과 협상을 하기 위해 사람을 보내기로 결정했다. 이틀 후 광산에서 50킬로미터 정도 떨어져 있는 중립적인 장소 산 앙헬로에서 첫 번째 회의가 열릴 예정이었다. 버스가 와서 광부 대표단을 태워 가기로 했다. 아빠도 가기로 되어 있었다.

회의 전날 밤, 멘사헤로가 한결 거세졌다. 바람이 미친 듯이 집을 뒤흔들었다. 세상을 끝장내기로 작정이라도 한 것 같았다. 나는 널빤지 틈으로 무시무시한 소리와 함께 들이닥치는 바람 때문에 한밤중에 잠이 깼다. 새벽 두세 시쯤 되었을까, 옆방에는 그때까지도 불이 꺼지지 않고 있었다. 전에 없던 일이었다. 나는 문 앞까지 살금살금 가 보았다. 엄마 아빠가 낮은 목소리로 이야기를 나누고 있었다. 바람 때문에 다 들리진 않았지만 엄마가 아빠한테 회의에 가지 말라고 사정하고 있다는 건 알 수 있었다. 주동자들이 힘을 못 쓰게 만들겠다는 수작이야, 하고 엄마가 말했다. 결국 다 체포될 거야. 더한 일을 당할지도 몰라.

"이건 함정이야, 스테파노! 가면 안 돼!"

엄마의 쉰 목소리가 아직도 귓전에 맴돈다.

"그렇게는 못할 거야, 마르타. 그러기엔 우리 머릿수가 너무 많아."

아빠가 대답했다.

날이 밝자마자 장마가 시작되었다. 아빠는 광부 조합 대표들과 함께 버스에 올랐다. 바람이 어찌나 세차던지 빗줄기가 가로로 쏟아지는 것처럼 보였다.

멘사헤로가 온 지 이렛날이 되면
비가 줄줄 쏟아진다네.

버스가 출발했다. 차창을 사이에 두고 아빠가 손짓을 보냈다. 나는 친구들이 갓 잡은 개구리에 정신이 팔려, 아빠한테는 별로 신경 쓰지 않았다. 개구리를 한 마리 더 잡아서 교미철 때처럼 싸움을 붙일 생각에만 빠져 있었다.

이튿날 검은 양복을 입은 남자가 와서, 비 때문에 산 앙헬로 도로가 진흙탕이 되었다고 알렸다. 버스가 휩쓸려 갔다고 했다. 아빠와 광부들의 시신은 골짜기 저 아래, 바위와 진흙 더미 아래 깔려 있다고 했다. 골짜기까지 내려가는 길이 너무 험해서 당장 시신을 꺼낼 수 없다고 했다. 생존자는 없고, 아야나스 대통령이 유족에게 조의를 표한다고 했다.

남자가 움직일 때마다 옷깃에 붙어 있는 배지 속에서 아야나스 대통령이 꼭두각시처럼 머리를 흔들어 대며 얼굴을 찌푸렸다. 나는 그것만 쳐다보았다. 도무지 눈을 뗄 수가 없었다.

다른 소식은 더 들을 수 없었다. 아무도 사고 얘기를 믿지 않았다. 조합원들이 지나는 길목에 폭약이 설치되어 있었다는 사람들도 있었고, 버스가 예정된 목적지 아닌 다른 곳으로 향하고 있었다는 사람들도 있었다. 사고 자체가 아예 일어나지 않았다고까지 주장하는 사람들도 있었다. 아야나스가 반대 세력을 가둬 두는 강제수용소에 대표단이 갇혔다는 것이다. 실제로 본 사람도, 정확한 위치를 아는 사람도 없었지만 국경 근처나 외딴 고원 지역 어디쯤 수용소가 있다는 소문이 짜했다. 수용소에 한번 들어가면 추위에 몸이 굳고 거센 바람에 녹초가 돼서 결국 죽게 된다고들 했다.

아빠의 장례식 날, 관들은 모두 비어 있었다. 사람들은 주룩주룩 쏟아지는 빗줄기 속에서 대통령이 보내 온 화환에 석유를 뿌렸다. 엄마가 성냥개비에 불을 댕겼다. 화환들은 쏟아지는 빗속에서도 활활 타올랐다.

광부 조합이 변호사를 고용했다. 하지만 변호사는 며칠 뒤 대형 화물 트럭에 깔려 죽었다. 뺑소니 사고였다. 그제야 모두가 깨달았다. 아빠와 동료들이 산 앙헬로 골짜기에서 죽은 날 어떤 일이 벌어졌는지는 결코 알 수 없을 거라는 사실을.

사고 이틀 뒤, 광산에서는 민병대의 감시 아래 다시 조업이 시작되었다. 그전에 광물 분류 작업을 하던 엄마는 분쇄 작업장으로 옮겨 가라는 지시를 받았다. 귀가 멍멍해지는 소음 속에서 온몸에 먼지를 뒤집어쓰고 일을 하게 된 것이다. 그것도 일주일에 한 번 꼴로 사고가 일어나는 분쇄기 위에서…….

끄트머리만 겨우 남은 담배 꽁초를 땅에 비벼 껐다. 바람이 점점 더 거세게 우리 경비 초소를 뒤흔들었다. 날카롭게 짖는 여우 같은 바람 소리에 몸이 오들오들 떨렸다. 절뚝이가 갑자기 벌떡 일어나 멍하니 주위를 둘러보았다. 그러더니 나를 알아보고 웃으며 말했다.

"트럼펫을 부는 꿈을 꿨어. 내가 엄청 잘 불었더니 찬치토가 깜짝 놀라더라. 그런데 바람이…….'"

거센 바람이 문으로 휘몰아쳤다. 문짝이 산산조각 나서 날아갈 것 같았다.

"좀 있으면 비가 오겠네. 잘됐다."

절뚝이가 나직이 중얼거렸다.

무슨 말인지 이해가 안 갔다. 철새 같은 관광객들이 궂은 날씨에 도망가 버리면 밥벌이도 없이 빗속에서 벌벌 떨 게 뻔한데 잘

된 일이라니.

절뚝이가 씩 웃었다.

"음악 학교에 갈 시간이 많아지잖아."

19

　멘사헤로는 단 하루 만에 몇 안 되는 관광객까지 싹 쓸어가 버렸다.
　이튿날 아침, 시장은 텅 비어 있었다. 먼지를 몰아 씌우는 회오리바람이 잠시도 쉬지 않고 불어왔다. 낡은 신문지들과 비닐봉지들이 바람결을 따라 날개 꺾인 독수리처럼 힘없이 날아다녔다. 시장 사람 대부분이 눈에 띄지 않았다. 하지만 뚱뚱보 아니타 아줌마는 궂은 날씨에도 아랑곳없이 가게를 열고 옥수수죽을 팔고 있었다. 레알 산맥에서 내려온 아줌마들도 팔 것들을 앞에 늘어놓고 벽을 따라 줄지어 앉아 있었다.
　왕고객들이 사라져 버렸으니 은행가를 노리는 수밖에. 나시오날 대로 맞은편 쿠르소 바호에 자리를 잡은 다음, 바람을 피해 몸을 움츠리고 길을 건너는 은행 직원들을 향해 외쳤다.

"구두 닦으세요! 반짝반짝 새 구두로 만들어 드려요!"

하지만 대개는 대답도 없이 고개를 푹 숙인 채 사무실을 향해 잰걸음을 쳤다. 은행 직원들은 오후 늦게 반대 방향으로 길을 건너 사라졌다. 우리의 하루 벌이도 끝난 것이다. 우리는 음악 학교로 출발했다.

가는 길에 마주친, 눈빛이 멍한 마약중독자가 코카인 찌꺼기를 권했다.

"바소카! 바소카 줄까?"

제대로 서지도 못하는 주제에 썩은 이를 드러내며 웃기까지 하다니! 우리가 저보다 정신이 천 배나 멀쩡하다는 걸 짐작도 못하는 모양이다.

폐허가 된 구시가 한가운데, 음악 학교가 어두운 바다 위에 뜬 배처럼 환히 불을 밝히고 서 있었다. 그 안에서 흘러나오는 악기 소리들을 듣자 절뚝이는 걷잡을 수 없이 들떠 용수철처럼 펄쩍 뛰었다. 걸음을 뗄 때마다 뒤틀린 다리 때문에 넘어질 것 같았다.

"젠장! 꿈은 아니겠지? 사투르노, 저 소리 들려? 들리냐고!"

찬치토가 절뚝이를 기다리고 있었다. 루시아는 위층에 있는 아나소피아에게 갔다. 할아버지를 보러 가는 길에 나는 타르타무도와 마주쳤다.

"어, 타르타! 그래서? 어떤 악기 골랐나?"

"신, 신, 신경 꺼!"

그러더니 뒤도 안 돌아보고 어떤 방으로 쑥 들어가 버리는 것 아닌가.

할아버지는 늘 그렇듯이 중국 사람 같은 미소로 나를 맞아 주었다. 이미 도착해 있던 사카리아스는 내가 제 맞은편에 앉는데도 본체만체했다. 수업이 시작되었다.

할아버지는 우리 뒤편에 앉아 짜증 한번 내지 않고 소리 내는 법을 일러주었다. 첼로 소리가 가슴 깊은 곳까지 휘저었다. 거의 두 시간 가까이 첼로를 가지고 끙끙거리다 보니 손가락 끝에 물집이 잡혔다. 하지만 대수롭지 않은 일이었다. 이제 음악보다 중요한 일은 없었다.

"오늘은 그만하자."

마침내 할아버지가 말했다.

나는 평생 구두를 닦아 주기로 한 약속을 상기시켰다.

"그러니 백 살까지는 살아야겠구나!"

내가 공들여 구두를 닦는 동안 할아버지는 의자에 앉은 채 박자를 맞추며 뭔가를 흥얼거렸다.

그날 저녁, 경비 초소에 돌아와 보니 아술라가 없었다. 도망이라도 갔나 싶었다.

루시아는 눈물이 그렁그렁해 가지고 아슐라를 찾아 나섰다. 아무리 이름을 불러 봐도 헛일이었다. 얼마나 지났을까, 마침내 벽에 난 구멍 속에 숨은 아슐라를 찾았다. 배 밑에는 자그마한 분홍빛 발들과 축축이 젖은 얼굴들이 뒤엉켜 꿈틀거리고 있었다. 아슐라가 새끼를 세 마리 낳은 것이다. 절뚝이는 오랫동안 말없이 새끼들을 바라보았다.

바람이 사냥개처럼 우짖고 있었다.

20

꼭 이레째 되던 날, 할아버지는 진짜 연주곡을 가르쳐야겠다고
했다.

"미뉴에트란다. 음은 몇 개 안 되지만, 매력적인 소곡이지."

할아버지가 우리에게 말했다.

'매력적인 소곡이지…….' 아나소피아는 가끔 할아버지를 '마
에스트로'라고 불렀다. 마에스트로는 정말 다른 세상 사람인가
보다!

나나 사카리아스나 미뉴에트에 대해 아무것도 모르기는 매한가
지였다. 할아버지가 시범을 보이는 동안 밖에서는 멘사헤로가 기
승을 부렸다. 윙윙거리는 바람이 문틈을 비집고 들어왔고, 음악

학교 안 곳곳에서 당장이라도 무너질 듯 요란한 소리가 들렸다. 하지만 우리는 첼로 소리에만 귀를 기울였다.

그런 다음 미뉴에트를 배우기 시작했다. 사카리아스와 나는 각각 한 자리를 차지하고 앉아 차례차례 음을 내 보았다. 할아버지가 멜로디를 흥얼거리면서 손가락의 위치를 잡아 주었고, 시범을 보였다. 복사한 악보를 코밑에 펼쳐 주더니 오선 위에 굴러다니는 하얗고 까만 구슬들을 짚어 보이기도 했다. 우리는 읽을 줄도 모르는 악보를 앞에 두고 계속 연주했다. 틀리면 다시 시작했고, 다시 틀리면 또다시 시작했다. 등은 쑤시지, 계속해서 현을 짚느라 손가락 끝은 문드러지는 것 같지······. 하지만 손가락뼈가 드러날 때까지라도 계속할 각오가 되어 있었다.

이튿날이 되자 할아버지는 우리더러 함께 연주하라고 했다. 사카리아스와 나는 잠자코 눈길만 주고받았다.

"미뉴에트의 첫 부분만······"

할아버지의 말이 날카로운 바람소리에 묻혔다.

"아주 간단하단다. 내가 넷까지 세면, 넷에서 너희 둘이 같이 시작하는 거야. 이렇게······"

할아버지는 어떻게 '넷'에서 시작하는지를 보여 주더니 팔을 들었다.

"준비됐지? 둘, 셋, 넷······"

둘이 동시에 시작하는 일은 쉽지 않았다. 게다가 바보 같은 사카리아스 자식이 너무 늦게 시작했다.

"셋, 넷……"

첫 음부터 엉망이었다.

"아니…… 이번에도 너무 빨랐어, 사투르니노."

나는 잔뜩 화가 나서 할아버지를 노려보았다. 귓구멍이 막혔나, 사카리아스가 너무 늦게 시작한 것 아닌가.

틀리기도 하고 뒤죽박죽이 되기도 했지만 결국 성공했다. 겨우 음 몇 개를 연주한 것뿐이었지만 어찌나 멋졌던지, 계속하지 못하고 바로 활을 떼고 말았다.

"젠장! 아름다운데?"

사카리아스가 외쳤다.

우리도 할아버지처럼 말하기 시작했다. 할아버지가 쓰는 단어를 쓰기 시작한 것이다. 아름답다는 말로도 모자랐다. 하지만 할아버지는 거기서 만족하지 않았다.

"둘, 셋, 넷……"

악기에 집중하면서 다시 연주를 시작했다. 할아버지가 우리의 연주에 맞춰 흥얼거렸다. 처음부터 엉켜 버리는 때도 있었다. 물론 할아버지가 뭐라건 그건 사카리아스 탓이었다. 둘이 그럭저럭 동시에 시작하자 다시 마법이 찾아왔다. 몇 음 더 연주한 다음 새로 시작했다. 온몸이 아팠고, 손가락 끝에 불이 붙은 것 같았다. 하지만 제대로 연주할 수 있다면 무엇이든 포기할 수 있을 것 같았다.

할아버지가 그만하자고 하는 소리에 겨우 고개를 들었다. 방 안에는 사람들이 가득했다. 아나소피아, 루시아, 후안, 절뚝이, 찬치토, 타르타무도…… 모두 우리 연주에 귀를 기울이고 있었다.

21

새벽녘에 비가 쏟아지기 시작했다. 나는 경비 초소의 함석지붕 위로 갑작스레 쏟아지는 빗소리에 소스라치게 놀라 일어났다. 조약돌이 쏟아지는 것처럼 빗방울이 따닥따닥 소리를 냈다. 순식간에 모든 게 잿빛에 잠겨 버렸다. 레알 산맥이 짙은 안개 속으로 사라졌다. 구름 속에 사는 것 같았다.

멘사혜로가 온 지 이렛날이 되면
비가 줄줄 쏟아진다네.

야야구아에 살 때 엄마가 말해 준 속담처럼, 장마가 제때 시작된 것이다.

여느 때와 다름없이 아메리칸 항공 소속 보잉기가 도착했다. 내리퍼붓는 빗소리를 힘겹게 가르며 제트엔진 소리가 들려왔다. 구름 덩이들이 흩어지는 틈을 기다리며 활주로 위를 빙빙 도는 비행기 소리였다. 마침내 땅에서 불과 몇 미터 위에서 커다란 전조등이 안개를 뚫고 나타났다. 비행기가 활주로 끄트머리에서 모습을 드러내더니 곧바로 레알 산맥을 향해 우리 쪽으로 돌진했다. 조종사가 황급히 다시 고도를 높였다. 비행기 머리가 하늘로 치솟나 싶더니 제트엔진 소리가 고막을 찢을 듯이 요란하게 울렸다. 비행기는 경비 초소 지붕을 스칠 듯 날아올라 장대비 속으로 사라졌다. 구름이 삼켜 버린 것 같았다.

"이런 망할! 이러니까 이 초소가 비어 있었지!"

절뚝이가 버럭 소리를 질렀다.

절뚝이는 흐물흐물해진 담배 꽁초에 불을 붙이려 했다. 하지만 결국 어깨를 한 번 으쓱하고는 포기해 버렸다.

"너무 젖었어."

이렇게 투덜댔지만 사실은 손이 떨렸던 것이다. 결국 담배 꽁초는 축축한 콘크리트 바닥 위로 떨어졌다.

"구두 닦을 날씨는 아니네…… 시장에 가 봤자 아무도 없겠어."

우리의 눈길이 마주쳤다.

"너도 나랑 같은 생각 하냐?"

"응! 일하러 가 봤자 허탕일걸. 시간 낭비지. 뭐라도 사 먹을 돈은 있어?"

나한테는 루시아와 둘이서 한 끼니 때울 만한 돈이 있었다. 절뚝이도 히죽거리면서 주머니에서 40센타보를 꺼냈다. 그날 하루는 일을 쉴 생각이었다.

우리는 장마철에 대비해 공사장에서 훔쳐 온 파란색 방수포로 담요를 쌌다. 아술라가 거기다 새끼를 한 마리씩 옮겨 놓았다. 그런 다음 우리는 음악 학교를 향해 빗속으로 나섰다. 루시아가 흥얼흥얼 노래를 불렀다.

검은 옷 입은 남자 셋이 쫓아와요
얼른 얼굴을 가려요……

22

음악 학교에 도착했을 때 우리는 이미 물에 빠진 생쥐 꼴이 되어 있었다. 절뚝이가 루시아의 노래에 한 소절을 덧붙였다. 우리는 사람들이 들을까 신경 쓰지도 않고 목청껏 노래를 불러 댔다.

망할 상사 자식한테서는
원숭이 냄새가 났지요
노인은 상사가 개자식이라고
솔직하게 말했지요

"너희들 미쳤니? 꼴이 이게 뭐야!"

아나소피아가 우리를 보고 깜짝 놀라자 절뚝이는 자지러지게
웃었다. 물에 흠뻑 적신 걸레처럼 우리 몸에서 연방 빗방울이
떨어졌다. 발밑에 웅덩이가 생겨 걸을 때마다 첨벙첨벙 소리가
났다.

아나소피아는 루시아의 옷을 홀딱 벗겨 커다란 수건으로 몸을
말려 준 다음 스웨터를 가지고 와 몸을 감싸 주었다. 몸에 비해 옷
이 터무니없이 커서 루시아의 발목까지 내려왔다. 우리더러도 옷
을 갈아입으라고 했지만, 절뚝이는 자기가 살아 있는 한 여자 앞
에서 옷을 벗는 일은 없을 거라고 맹세했다.

아나소피아가 눈을 치떴다.

"어쨌든 그렇게 젖은 상태로는 절대 악기를 만지면 안 돼!"

그러더니 옷가지를 한아름 들고 왔다. 바지, 셔츠, 티셔츠 같은
것들이 뒤섞여 있었다. 아나소피아는, 비얀데스 선생과 후안이 입
던 옷들이야, 하고 말했다. 나는 바지 하나와 셔츠 하나를 골랐다.
그렇게 멋진 옷은 처음 입어 보는 것이었다.

"여긴 백만장자만 있나 봐."

절뚝이가 후안의 낡은 운동복에 다리를 끼우려고 몸을 꼬아 대
며 소곤거렸다.

진짜 운동복, 오래전부터 절뚝이가 꿈꿔 온 것이다. 그 애는 두
꺼비 발처럼 심하게 휜 다리 때문에 다른 아이들과 함께 축구를

할 수도, 뛸 수도 없고 아무것도 할 수 없는 주제에 운동복 바지를 얻을 수만 있다면 무엇이든 내놓을 것처럼 굴었다. 후안의 바지는 너무 큰 데다 여기저기 너덜너덜하게 해져 있었다. 그래도 절뚝이는 아랑곳하지 않았다. 바짓부리에 걸려 넘어지는 일이 없도록 바지를 말아 올리더니 앞쪽에 커다랗게 쓰인 하얀 글씨들을 가리켰다.

"야, 사투르노, 이게 무슨 글자냐?"

"인디애나 대학교. 미국 건가 봐."

"끝내준다! 음반을 내게 되면 사진으로 찍어야지. 멋지겠지?"

절뚝이는 계단에 앉아서 미친놈처럼 열심히 트럼펫을 문지르기 시작했다. 손자국 하나 없이 반짝반짝해질 때까지.

"이거 좀 봐, 사투르노. 꼭 금 같지 않냐?"

절뚝이가 트럼펫을 멀찍이 들고 햇빛에 비춰 보며 물었다.

"내가 이렇게 끝내주는 걸 손에 쥐어 보다니……."

사카리아스가 오지 않아 나는 한참 혼자서 첼로를 켰다. 하지만 내 첼로에서 나오는 끔찍한 소리에 기운이 빠져 결국 그만두었다. 점심때가 지나 할아버지가 도착했을 때, 나는 이미 축 처진 상태였다.

"다 잊어버렸어요."

나는 할아버지에게 눈길도 주지 않고 투덜거렸다.

"잊어버린 게 아니야! 비 때문에 나무가 변형된 거란다."

할아버지가 내 첼로를 조율한 다음 맞은편에 앉았다. 우리는 함께 미뉴에트를 연주하기 시작했다. 할아버지가 음, 손가락 위치, 활 위치를 일러주면 나는 그가 고개를 끄덕일 때까지 반복했다. 그런 다음 처음부터 다시 시작했다.

손가락 끝이 온통 빨갛게 되고 나서야 연주를 멈췄다.

"늘고 있어, 사투르니노. 늘고 있단다. 이 속도라면 곧 나보다 더 잘하겠는걸."

지붕이 뚫어져라 비가 쏟아지고 있었고, 구시가 전체가 진흙탕에 잠기고 있었다.

"저기요……."

나는 입술을 깨물며 말을 멈췄다. 할아버지에게 이렇게 먼저 말을 거는 것은 처음이었다.

"무슨 일이지?"

"전부터 여쭤 보고 싶었는데…… 정말로 대통령을 아세요?"

할아버지는 얼굴을 찌푸리는 것 같았다.

"그럭저럭…… 오래전 얘기란다."

"지난번에 상사 앞에서 누른 전화번호 있잖아요, 진짜 대통령 번호였어요?"

할아버지가 휴대전화를 꺼냈다. 절뚝이라면, 백만장자나 들고 다니는 물건이라고 했겠지. 할아버지는 버튼 몇 개를 누른 다음 내게 전화기를 건넸다. 파란 화면 위에 '아야나스'라고 쓰여 있었다. 바로 밑에는 전화번호가 표시되어 있었다. 대통령 직통전화번호라니!

"그럼…… 이제 대통령이 받는 거예요?"

할아버지가 고개를 저었다.

"아니. 전화를 걸고 싶으면 조그만 초록색 버튼만 누르면 된단다."

버튼에 손가락을 갖다 댔다. 아야나스가 바로 전화기 너머에 있다고 생각하니 벌벌 떨렸다. 이렇게 쉬울 수가. 버튼만 누르면 되다니……. 나는 잠깐 망설였다. 검은 숫자들에서 눈을 뗄 수 없었다. 그 번호들을 잊어버리지 않으려고 머릿속 깊이 새겨 두었다. 할아버지는 나를 보고만 있었다. 나는 전화기를 돌려주었다.

할아버지는 마치 내가 옆에 없는 것처럼 첼로를 켜기 시작했지만 곧 멈췄다.

"대통령한테 뭐라고 말할 생각이었니?"

"아무것도요. 그냥 알고 싶었어요."

거짓말이었다.

할아버지는 믿지 않는 눈치였다. 하지만 더 이상 아무것도 묻지 않았다.

대통령에 대한 생각을 솔직히 말하다니, 절대 해서는 안 되는 일이다. 누구 귀에 들어갈지 알 수 없는 일이었다. 민병대원들이 연인끼리 침대에서 속삭이는 얘기나 온 나라 안에서 오가는 전화 통화 내용까지 몰래 엿듣는다는 소문도 있었다.

옆방에서 희한한 악기 소리가 들려왔다. 처음 들어 보는 소리였다. 도대체 무슨 악기인지 짐작도 가지 않았다.

23

할아버지는 여전히 나를 지켜보고 있었다. 빗소리가 아득히 들려왔다. 부드러우면서도 날카로운, 희한한 악기 소리도 계속 들려왔다.

나는 삼 년 전 야야구아에서 벌어진 일에 대해 말을 꺼냈다. 내 이야기를 털어놓는 것은 처음이었다. 물론 광산 사람들이야 다 아는 이야기였지만, 할아버지는 다른 세상 사람 아닌가. 광산 쪽으로는 한 발짝도 가 봤을 리 없다. 말이 술술 나왔다. 나는 광산에서의 작업, 광부들, 파업, 아빠의 덤프트럭, 산 앙헬로 협곡에 대해 설명했다. 할아버지는 첼로를 끌어안은 채로 내 말에 귀를 기울였다.

나는 변호사의 죽음 대목에서 말을 멈췄다.

"그래서, 그다음에는?"

할아버지가 물었다.

"그다음에는 우리 셋만 남았어요. 루시아, 저, 엄마요."

빗줄기가 유리창에 후드득후드득 부딪혔다. 할아버지가 내 이야기를 기다리고 있었다.

"엄마는 몇 달 동안 분쇄 작업을 했어요. 야야구아에선 분쇄기를 사람 잡는 귀신이라고 불렀어요. 소음이랑 먼지 때문에 제일 피곤한 일 축에 속하거든요. 제일 위험한 일이기도 해요. 사고가 밥 먹듯 일어나거든요. 잠깐이라도 한눈을 팔면 큰일나요. 분쇄기가 사람 팔이랑 쇳조각을 구분하진 않잖아요. 엄마가 할 만한 일은 아니었어요. 아빠가 사고를 당한 뒤로 엄청 예민해져 있었거든요. 엄마도 뭔가 안 좋은 일이 생길 것 같았는지 다른 일을 하게 해 달라고 두세 번 얘기를 꺼낸 모양이에요. 하지만 아빠가 조합원이었고, 파업이 몇 주씩 계속되면서 광산이 손해를 많이 봤거든요. 회사에서 절대 허락해 주지 않았어요……."

비가 영영 그치지 않을 기세로 퍼부어 댔다. 할아버지는 눈 사이에 주름을 잡고 가만히 내 얘기를 들어주었다. 그날 일이 내 눈앞에 펼쳐졌다. 작은 일 하나하나, 순간순간까지.

"제가 학교에 있는 동안 일이 터졌어요. 돌멩이도 녹아 내릴 듯

더운 날이었어요. 그런데도 창문은 꽁꽁 닫혀 있었죠. 먼지가 너무 날려서 공책 사이에도 끼고, 옷 속으로도 들어오고, 이빨에도 끼었거든요. 늘 안개 속에서 사는 기분이었어요. 먼지바람 속에서 십장 아저씨의 얼굴을 보자마자, 엄마한테 일이 생겼구나, 하고 감이 왔어요. 아저씨는 교실로 들어오더니 제 눈을 피하면서 모자만 만지작거렸어요. '사투르노…… 잠깐 얘기 좀 할까?' 저는 용수철처럼 벌떡 일어났어요. 다른 애들이 저를 쳐다보고 있었어요. 걔들은 벌써 알고 있었던 거죠……. 사실은 저도 알고 있었어요. 모두 알고 있었어요."

24

옆방에서는 이상한 악기 소리가 계속 들려왔다.

"대통령이랑 통화하게 되면 야야구아에서 있었던 일을 다 말할 거예요……. 다 그 사람 때문이에요."

"이해한다."

할아버지의 목소리가 떨렸다. 눈가에 온통 주름이 잡혀 있어 눈빛은 잘 보이지 않았다.

문득 할아버지가 거짓말을 하고 있다는 생각이 들었다. 어떻게 이해한다는 거지? 있을 수 없는 일이었다. 아무도 이해할 수 없는 일 아닌가. 더구나 대통령과 마주 앉아 저녁을 먹는 사람이 이해할 수 있는 일은 아니었다.

갑자기 화가 치밀어 올랐다. 나는 복도로 달려나가 소리를 질렀다.

"거짓말! 아무것도 모르면서! 아무것도 모르잖아요! 이해한다는 사람이 어째서 그런 나쁜 자식이랑 친구일 수가 있어요? 어째서 그런 인간이랑 같이 저녁을 먹어요? 어째서 그런 인간 전화번호를 아느냐구요! 네? 어째서요?"

"잠깐만, 사투르니노! 돌아오렴!"

나는 이미 계단을 뛰어 내려가고 있었다. 문을 박차고 뛰쳐나갔다. 눈물이 멈추지 않았다. 눈물이 빗물과 하나가 되어 흘러내렸다. 엄마가 죽은 날도 이렇게 많이 울지는 않았는데.

현관 앞 층계에 할아버지의 모습이 보였다.

"꺼져! 너 같은 인간, 다신 보고 싶지 않아!"

하지만 할아버지의 귀에는 내 말이 들리지 않는 것 같았다. 할아버지는 반질반질하고 매끈한 구둣발로 물웅덩이를 첨벙첨벙 걸어와 나에게 하얀 손수건을 내밀었다. 그러더니 말없이 내 곁에 서 있었다. 빗속에서, 셔츠 바람으로, 내가 진정하기를 기다리면서.

"대통령하고 나는 잘 아는 사이란다, 사투르니노. 그건 사실이야. 어렸을 적 친구지. 아마 제일 오래된 친구일 게다. 옆집에 살아서 매일 학교도 같이 갔단다. 중학교도 고등학교도 함께 다녔어. 한 여자한테 동시에 반하기도 했지. 다 옛일이로구나…… . 이제 누가 그 사람이랑 친구를 하려고 하겠니?"

"그래도 저녁은 같이 드셨잖아요."

"지난 십 년 동안 나는 이 나라를 떠나 있었단다, 사투르니노. 십 년 동안 이 나라만 빼고 세계 곳곳을 다니며 공연을 했거든. 그 사이에 이 땅에서 벌어진 일들이 너무 부끄러웠지. 알프레도가 벌인 일들 말이다. 왠지 모르지만 결국 이렇게 돌아왔단다. 멀리 떨어져 사는 일에 지쳤던 것 같아. 뭔가를 해야 했어. 알프레도는 내가 돌아왔다는 사실을 알자마자 굳이 나를 초대했단다. 별 의미도 없는 잘난 척만 늘어놓더구나…… . 그렇게 슬픈 저녁 식사는 처음이었어. 추방됐던 늙은 음악가가 부패한 늙은 대통령과 함께 하는 식사라니. 서로 할 말도 없었지."

할아버지는 비에 흠뻑 젖어 있었다. 볼품없이 엉망이 된 머리에, 손에는 활을 든 모습이 영락없는 허수아비였다.

눈에서 계속 눈물이 흐르는데도 웃음이 터져 나왔다. 웃어야 할지 울어야 할지 알 수가 없어서 울면서 웃었다.

"내 꼴이 우스운 모양이로구나. 그래서 웃는 거지?"

할아버지가 미소를 짓더니 곧 나를 따라 웃기 시작했다. 결국 웃음을 주체하지 못하고 음악 학교 현관의 젖은 돌층계 위에 주저앉았다.

민병대원들을 태운 검은 트럭이 거리를 지나갔다. 걷는 것과 다름없이 천천히 차가 지나가자 길을 따라 양옆으로 진흙 더미가 생겼다. 민병대원들은 빗줄기가 쏟아지는데도 선글라스를 낀 채 차창 뒤에서 우리를 지켜보고 있었다.

"저 멍청이들은 도대체 우리가 왜 이러나 싶을 거다. 언제 웃어 봤는지 기억도 안 날 테니까!"

할아버지가 딸꾹질을 하다가 다시 웃음을 터뜨렸다.

눈길이 마주치니 더 미친 듯이 웃음이 터졌다. 우리는 배꼽이 빠져라 웃어 댔다. 하도 웃어서 배가 아팠다. 무슨 일로 웃고 있는지 기억도 안 났다. 거품처럼 가벼워진 기분이었다. 할아버지와 나는 뼛속까지 흠뻑 젖은 채 팔짱을 끼고 음악 학교로 들어갔다.

"고맙습니다……."

할아버지가 소맷부리로 얼굴을 닦으며 물었다.

"뭐가 고맙다는 얘기지?"

"그 인간이랑 친구가 아니어서 고맙습니다."

"그보다 복잡하단다, 사투르니노. 훨씬 복잡한 얘기야……."

할아버지는 계단을 올라가며 걱정스러울 정도로 거칠게 숨을 헐떡거렸다. 할아버지가 숨을 고르는 동안 우리는 잠깐 계단 난간에 기대 멈춰 섰다.

"두 사람이 반했다던 여자 말인데요, 그 여자는 누구를 선택했어요?"

"물론 나지……."

할아버지가 고개를 주억거리며 다시 웃음을 터뜨렸다. 하지만 웃음소리는 거의 들리지 않았다.

"마리아. 마리아라는 여자였단다. 부모님 몰래 만나곤 했지."

가까이에서 다시 이상한 악기 소리가 들려왔다. 아주 고운 소리였다. 바이올린도 아니고, 플루트도 아니고…… 모르는 악기였다.

"이건 뭐예요?"

할아버지는 내 질문을 이해하지 못했다.

"지금 들리는 소리 말이에요, 무슨 악기예요?"

"어디 보자……."

계단을 마저 올라간 다음 할아버지가 한 방문을 살짝 열었다. 타르타무도가 서 있었다. 건포도처럼 쪼글쪼글한 부인이 타르타무도의 배에 한 손을 올려놓고 말했다.

"여기라니까, 이 고집쟁이야! 여기로 숨을 쉬란 말이야. 배로 쉬라고!"

타르타무도가 숨을 크게 들이마시더니 높은 여자 목소리로 노래를 부르기 시작했다.

그리 바삐 어디 가니,
방울새야?
가서 한숨을 가져오렴
우리 주인님 모습처럼

그 아둔한 타르타무도의 목청에서 그런 목소리가 나오다니, 내 뱃속이 꽉 죄는 것 같았다. 당황스럽기까지 했다.

빗방울을 뚝뚝 흘리는 할아버지를 보더니 자그마한 부인의 얼굴이 굳어졌다.

"세상에나, 세뇨르 비얀테스, 이게 다 무슨 난리예요?"

부인이 새된 소리를 질렀다.

타르타무도는 입을 귀에 걸고 내 쪽을 돌아보았다.

"너너너너 봐봐봐봤지, 사투르노? 나나나나 노노노래 부부부를 땐 마마마말 아아아안 더더더듬어."

25

음악 학교를 드나드는 아이들은 육십 명이 넘었다. 우리처럼 열심인 아이들도 있었고, 일주일에 고작 두세 번 오는 아이들도 있었다. 하지만 방마다 미어터지는 날도 있었다. 그런 날이면 우리는 복도든 계단이든 알아서 자리를 잡았다. 어디서나 음악이 울려 퍼졌다. 바이올린 소리, 트럼펫 소리, 플루트 소리가 구석구석을 메웠다. 아나소피아와 후안은 아침부터 저녁까지 이리저리 돌아다니며 수업도 했다, 조언도 했다, 격려도 했다, 악기를 조율하기도 했다. 절뚝이는 뚱보 찬치토와 트럼펫을 불었고, 타르타무도는 이제 사람들 앞에서 자그마한 부인과 노래를 불렀고, 부인은 타르타무도의 배를 누르며 야단을 쳤다…….

타르타무도가 처음으로 우리 앞에 나와서 노래를 부르려 했을 때 모두 놀려 댔다.

"불알이 떨어진 남자들이나 그런 목소리를 내는 거야!"

절뚝이가 목소리를 꾸며서 말했다.

하지만 다들 곧 입을 다물게 되었다.

타르타무도의 목소리는 얼마나 이상하면서 또 얼마나 귀에 거슬렸는지 모른다. 끝도 없이 높이 올라가서 걱정이 될 정도였다. 어떻게 밀수 담배나 파는 꼬마가 저렇게 천사 같은 목소리를 숨기고 있었을까? 어떻게 저 아둔한 타르타무도가 저토록 가벼운 목소리를 낼 수 있을까? 아무도 이해할 수 없는 수수께끼였다.

할아버지는 보통 점심때가 한참 지나 느지막이 나타났다. 거리가 장대비에 잠겨도 늘 흠잡을 데 없이 말끔한 차림새였다. 할아버지가 어디 사는지는 아무도 몰랐다. 하지만 매일 할아버지를 음악 학교 앞에 내려놓는 택시는 그 동네에서 흔히 보이는 녹슨 고물 택시들과는 사뭇 달랐다.

할아버지는 도착하면 일단 나의 구두닦이 서비스를 받았다. 그런 다음 음악 학교를 한 바퀴 돌며 한 사람씩 인사를 하고 사카리아스와 나에게 왔다.

"셋, 넷……"

어느덧 우리의 미뉴에트는 꽤 들어줄 만한 정도가 되었다. 그래서 할아버지는 우리에게 새 곡을 가르치려는 모양이었다. 비발디라는 이탈리아 사람이 쓴 곡이라고 했다. 비발디라는 사람은 몇세기 전, 지진이 난 날에 태어났다고 할아버지가 말해 주었다. 몇시간씩 첼로를 붙들고 앉아 연습을 히다 보니 손가락 끝이 온통딱딱해졌다. 할아버지가 고개를 끄덕거리는 모습을 살피면서 같은 악절을 되풀이하곤 했다. 지칠 때까지 연주를 하고 나면 할아버지가 '음악 감상실'이라고 부르는 방으로 가서 틀어박혀 있었다. 음악 감상실은 음반을 모아 둔 작은 방이었다. 할아버지는 우리에게 전축 사용법을 일러주고, 언제든 마음대로 드나들게 해 주었다. 그 방은 언제나 열려 있었다.

"이건 말도 안 돼. 예전 같았으면 전축은 오 분 안에 사라졌을거야. 아냐, 삼십 초도 안 돼서 사라졌을 거야. 내가 다 훔쳐서 내다 팔았을 테니까. 그런데 이제는 그러고 싶은 생각도 안 들지 뭐야……."

사카리아스가 새삼스레 놀라워했다. 영 딴판이 된 제 모습이 걱정스러웠던 모양이다.

대개 절뚝이가 음악 감상실에 먼저 자리 잡고 있었다. 우리가들어가도 눈치채지 못하는 것 같았다. 할아버지와 처음 만난 날부터 절뚝이는 '라데츠키 행진곡'에 푹 빠져서 시간이 날 때마다 그곡만 반복해서 들었다. 수십 번씩 들어도 질리지도 않는지.

"젠장! 절뚝아, 다른 곡 좀 듣자!"

사카리아스가 소리를 꽥 질러도, 마지막 화음이 연주되기 무섭게 절뚝이는 리모컨을 눌러 또 같은 곡을 재생시켰다. 세상 그 무엇도 중요하지 않다는 듯이 눈까지 지그시 감고서.

사실 그랬다.

음악만이 우리의 관심거리였다. 음악보다 중요한 일은 없었다. 상사의 위협도 잊어버릴 정도였다.

하지만 상사는 늘 제자리에 있었다. 쥐를 노리는 고양이 모양으로, 내가 잊고 있을 때 갑자기 모습을 드러냈다.

마지막 만남은 며칠 전으로 거슬러 올라간다.

음악 학교를 나서자마자 차 한 대가 우리 곁을 지나다 갑자기 속력을 늦췄다. 원숭이들이 타고 다니는 쉐보레 차가 아니었는데도 누구를 만나게 될지 짐작이 갔다. 캄캄한 밤인 데다가 와이퍼가 빗방울을 여기저기 흩뿌렸다. 하지만 나를 노려보는 상사의 얼굴은 금방 알아볼 수 있었다. 선글라스 뒤에 숨은 그 얼굴. 다리에 힘이 풀렸다.

겁주자는 거야, 이 도둑놈아. 그냥 겁주자는 거지…….

상사는 히죽히죽 웃으며, 빗줄기가 흘러내리는 차창 너머로 몇 번 총 쏘는 시늉을 했다. 입술로는 어린애가 놀 때처럼 '빵!', 하고 소리를 내는 척했다. 그게 다였다. 비, 상사의 총, 비웃음, 밤인

데도 굳이 낀 선글라스……

 상사는 미친 게 분명했다. 절뚝이는 겁이 나서 죽을 지경이었다.

 "언젠가는 그 개자식이 진짜로 너를 잡아갈 거야, 사투르노."

26

빗줄기가 세차게 쏟아지는 바람에 루시아는 아술라와 새끼들과 함께 집에 남았다. 절뚝이와 나만 어쩌면 은행 직원들의 진흙 묻은 구두를 닦을 수 있을지도 모른다는 생각으로 나시오날 대로 쪽에서 서성였다. 하지만 대부분은 우산을 푹 내려쓴 채 우리를 보지도 않고 뛰어가 버렸다.

쿠르소 바호 맞은편에 있는 대로는 부자 동네 한가운데에 있었다. 우리같이 누더기를 걸친 아이들이 어슬렁거릴 동네는 아니었다. 원숭이들이 나타나면 바로 도망쳐야 했다. 절뚝이는 달음박질에는 재주가 없었다. 빗속에서 아코디언처럼 구겨진 다리를 좌우로 흔들어 대는 꼴을 보는 것만으로도 눈물이 날 것 같았다. 아니,

웃음이 터질 것 같기도 했다. 울거나 웃거나, 나는 늘 둘 사이에서 갈팡질팡했다.

하지만 그날은 제아무리 원숭이들이라 해도 굳이 제복을 적셔 가며 돌아다닐 날씨가 아니었다. 거센 빗발 때문에 손님을 만나기도 쉽지 않은 날씨였다. 우리는 비를 피해 어느 건물 처마 밑으로 들어갔다. 절뚝이가 눅눅해진 담뱃가루를 그러모아 돌돌 말았다.

지붕 위로 빗방울이 후드득후드득 떨어졌다. 레알 산맥 쪽에서 산비탈을 따라 빗줄기가 흘러내렸다. 거리에서는 버스들이 함정에 걸린 커다란 벌레들처럼 진창에 빠졌다. 하늘에서 떨어지지 않는 단 하나, 그건 바로 돈이었다.

리오 델 오로 시장은 하루하루 활기를 잃어 갔다. 매일 옥수수 죽 두 사발을 살 돈을 벌기도 벅찼다. 루시아는 벌써 몇 주 전부터 엽서를 한 장도 팔지 못했다.

"중앙역 쪽으로 한번 가 볼까?"

절뚝이가 이 말을 꺼내자마자 나는 그 애를 미친놈 보듯 쳐다보았다.

"그랬다가는 바로 묵사발이 될걸."

"너 버스표 있냐?"

절뚝이가 담배 연기를 내뿜으며 말했다.

나는 대답하지 않았다.

중앙역은 늘 붐볐다. 여행객들, 흥정을 하러 오는 농부들, 사업가들, 역 근방 대학 교수들…… 고객을 잡기에 분명 더없이 좋은 장소였다. 하지만 그만큼 위험하기도 했다. 우리 구역도 아닌 데다가 두루미 패거리가 꽉 잡고 있는 동네였으니, 절름발이, 꼬마 여자애, 부랑아가 그곳을 통과하기란 턱도 없는 일이었다.

"묵사발이 되겠지. 그래도 한 번쯤 가 볼 수는 있잖아."

절뚝이가 담배 꽁초를 내게 건네면서 히죽거렸다.

중앙역에 막 도착하자, 키가 크고 야윈 놈 하나가 다가왔다. 살이라고는 한 점 붙지 않은 가느다란 목에, 작은 눈을 마약중독자처럼 희번덕거리는 녀석이었다. 한 번도 본 적은 없었지만 두루미라는 걸 알 수 있었다. 두루미는 네댓 놈을 경비견처럼 거느리고 있었다.

"번지수를 잘못 짚은 모양이네."

두루미가 말했다.

경비견들은 우스워 죽겠다는 시늉을 하며 키득거렸다. 두루미 패거리가 내 목에 숨결이 느껴질 정도로 우리에게 가까이 다가왔다. 나는 절뚝이의 소매를 잡아당겼다. 그곳까지 가다니, 역시 미친 짓이었다! 모두 규칙을 알고 있었다. 나시오날 대로도 우리가 있을 곳은 아니었지만, 여기도 마찬가지였다. 도망칠 때였다. 하지만 절뚝이는 괜한 허풍을 떨고 싶었던 모양이다.

“잘못 짚었다고? 천만의 말씀! 잠깐 있을 만한 데가 없나 둘러 보던 중인데, 여기가 괜찮아 보이더란 말이지! 봐, 자리가 많잖아! 여기…… 저기…… 저기도…… 또……”

그때 갑자기 절뚝이가 구겨진 다리로 용수철처럼 튀어 올랐다. 두루미의 부하가 절뚝이를 공중으로 들어올린 것이다.

“입 닥쳐, 이 병신 새끼야!”

그러더니 배 한가운데에 주먹을 날려 절뚝이를 내팽개쳤다. 절뚝이는 이상한 소리와 함께 머리부터 바닥에 떨어졌다. 괴로움에 몸을 비비 꼬며 숨을 고르려고 애를 썼다. 다른 놈들은 내가 돌아볼 틈도 주지 않았다. 곧바로 매타작이 시작됐다. 나는 한동안 맞은 만큼 되돌려 주려고 해 보았다. 내가 키도 더 컸고 주먹도 꽤 센 편이었지만 그놈들 머릿수가 훨씬 많았다. 어떡하든 매를 피해 보려고 했지만 발길질 한 방에 나가떨어졌다. 결국 쓰러져 버렸다…….

다시 눈을 떴을 때는 역 밖이었다. 나는 빗속에서 몸을 오그린 채 절뚝이의 무릎을 베고 누워 있었다. 절뚝이가 새하얗게 질린 얼굴로 내 몸을 흔들어 대면서 내 이름을 불렀다. 역에서 쏟아져 나온 여행객들은 의심스러운 눈길을 보내며 우리를 슬쩍 피해 발걸음을 재촉했다.

입술 사이로 뭔가 미지근한 것이 흘러내렸다. 손끝으로 얼굴을 찬찬히 더듬어 보았다. 긴 칼자국에서 피가 새어 나오고 있었다.

"젠장, 사투르노, 이런 장난 재미없어! 너 진짜 죽은 줄 알았잖아!"

절뚝이가 볼품없는 미소를 띠고 속삭였다.

*

"사투르니노, 문제가 생기면 나한테 도움을 청하면 된단다."

이튿날, 축구 팀 전원이 발로 차서 찌그러뜨린 통조림 같은 내 모습을 본 할아버지는 이 말만 했다.

나는 대답하지 않았다. 나는 음악 때문에 오는 것이었으니까. 다른 일은 들어오는 순간 다 잊으려고 했다. 할아버지는 한참을 빗줄기가 흘러내리는 유리창에 이마를 대고 창밖만 바라보았다. 그러더니 다시 말했다.

"참 이상하지, 전에는 장마철이 지금처럼 길진 않았던 것 같은데 말이다……. 아니, 비가 덜 왔던 것 같기도 하구나……."

나는 악보를 폈다. 별로 알아볼 수 있는 건 없었지만 할아버지가 악보를 펴 놓으라고 했으니까. 며칠 전부터 새 곡을 연습하는 중이었다. 아주 아름답지만 어려운 곡이었다. 할아버지는 그게 '소나티네'라고 했다.

다리 사이에 첼로를 끼고 켜기 시작했다. 그럭저럭 연주하는 수준이었지만 음은 정확히 기억하고 있었고, 음 하나하나가 내 몸을 타고 울리는 게 느껴졌다.

"이런 날씨에는 손님이 별로 없겠구나?"

할아버지가 갑자기 물었다.

내가 첼로를 켜는 동안 할아버지가 음악 말고 다른 얘기를 꺼내는 건 처음이었다. 바로 손가락이 미끄러져 소나티네는 엉망이 되었다.

"미안하구나, 사투르니노. 나같이 멍청한 노인네 때문에. 다시 시작하렴."

할아버지가 말했다.

나는 그래서 음악이 좋았다. 늘 새롭게, 수천 번이고 다시 시작할 수 있으니까.

27

“뭐 하나 물어봐도 되냐?”

절뚝이가 내 팔을 잡더니 음악 감상실로 나를 끌고 갔다. 이제 ‘라데츠키 행진곡’이라면 지긋지긋했다.

“이제 질리도록 듣지 않았냐?”

“네가 어떻게 알겠냐, 사투르노. 넌 몰라……”

절뚝이가 음반 재킷을 건네며 물었다.

“이 음악 만든 사람 이름 말이야, 다시 한 번 말해 줘. 노친네가 뭐라고 했는지 잊어버렸어.”

알아보기가 힘들었다. 요한 슈트라우스, 어려운 이름이었다…….

"요한 슈트라우스…… 그래, 그거였어, 요한 슈트라우스……."

절뚝이가 꿈꾸는 듯한 눈으로 되뇌었다. 그러더니 미소를 살짝 띤 얼굴로 나를 바라보았다.

"있잖아, 그게 내 진짜 이름인 것 같아."

"뭐가?"

"그러니까…… 요한 슈트라우스 말이야!"

이 말에 집게손가락을 펴서 머리 쪽에 대고 빙빙 돌렸더니 절뚝이가 버럭 화를 냈다.

"제기랄! 넌 진짜 아무것도 모른다니까! 사투르니노는 이 세상에 하나뿐이겠냐? 루시아는? 사카리아스는? 요한 슈트라우스가 두 명이면 안 된다는 법이라도 있어? 그 사람하고 나! 어? 왜?"

"하지만 넌 아무것도 모르잖아! 네 진짜 이름을 아는 사람은 아무도 없잖아! 사실 너도 모르잖아! 지난번에도 그랬잖아."

"지난번에는 그랬을지 몰라도 오늘은 기억나. 틀림없어."

절뚝이는 '라데츠키'를 한 번 더 틀어 놓고 눈을 감고 들었다. 그러더니 제 가슴을 가리켰다.

"이것 봐, 이 행진곡을 들으면 여기, 가슴 깊은 곳에서 내 이름이 요한 슈트라우스라는 게 느껴져. 그렇지 않을 리가 없어."

28

확실하지는 않지만 루시아의 생일인 것 같았다.

곤돌포 아저씨가 뒤돌아 있는 틈을 타 아저씨네 가게에서 콜라 한 캔을 슬쩍했다. 그런 다음 뚱뚱보 아니타 아줌마네 가게에서 파이 한 봉지를 샀다. 루시아는 한 방울도 남기지 않고 콜라를 마셨다. 나는 루시아를 부러운 눈으로 훔쳐보면서 죽 한 사발을 먹었다.

'볼기짝을 때려 줘야 다신 안 그러지.' 절뚝이가 봤다면 이렇게 충고했겠지. 그래 봤자 여동생도 없는 주제에.

"오늘 오후에 깜짝 놀랄 일이 있을 거래."

루시아가 손가락을 핥으며 말했다.

"깜짝 놀랄 일?"

"응…… 음악 학교에서. 아니타 아줌마한테 들었어."

뒷말을 기다렸지만 루시아는 한 손가락을 입술에 얹으며 웃기만 했나.

루시아 말은 사실이었다. 음악 학교에 도착해 보니 모든 게 보통 때와는 달랐다. 긴 의자 여러 개가 반원 모양으로 로비에 줄지어 늘어서 있었다. 후안은 정장을 차려입고 있었고, 찬치토는 마분지처럼 딱딱해 보이는 깃에 목이 졸린 채 땀을 뻘뻘 흘려 댔고, 아나소피아는 딱 달라붙는 길고 까만 원피스 차림이었다. 남자애들은 그 원피스에서 눈을 떼지 못했다. 하지만 무엇보다 놀라운 일은 할아버지가 하얀 셔츠에 하얀 나비넥타이를 매고 도착한 것이었다. 게다가 옛날 옷처럼 무릎 뒤까지 내려오는 까만 웃옷까지 걸치고 있었다. 모여 있는 아이들은 스무 명 정도였는데, 모두 음악 학교에서 제일 실력이 좋은 축에 들었다. 우리의 때묻은 바지, 구멍 난 웃옷, 헝클어진 머리카락은 할아버지의 우아한 모습과 묘하게 대조를 이루었다.

우리는 아나소피아, 후안, 찬치토의 도움을 받아 악기를 조율한 다음 자리에 앉았다. 첼로와 바이올린이 각각 한쪽을 차지하고, 플루트와 절뚝이의 트럼펫은 뒤쪽에 자리 잡았다.

할아버지가 작은 연단 위에 서더니 음반 재킷에서 본 것처럼 막대기로 보면대 가장자리를 가볍게 두드렸다. 모두 입을 다물었다.

"사투르니노, 사카리아스…… 미뉴에트를 부탁한다."

"사람들 앞에서요? 엉망일 텐데요!"

사카리아스가 냅다 소리를 질렀다. 하지만 할아버지의 눈길에 곧 입을 다물어야 했다.

"셋, 넷……."

우리는 동시에 시작하는 데 성공했다. 그뿐 아니었다. 끝낼 때도 호흡이 딱 맞았다! 나는 사카리아스와 눈길을 주고받았다. 사카리아스나 나나 시뻘게진 얼굴로 숨을 헐떡이면서 땀을 뻘뻘 흘렸다. 다른 아이들이 박수를 치려고 했지만, 할아버지는 그럴 틈을 주지 않았다.

"잘했다. 이제 바이올린이랑 같이 해 보자."

"바이올린이랑 같이! 절대 잘될 리 없어요. 쟤들은 미뉴에트를 알지도 못하잖아요!"

사카리아스가 투덜거렸지만 할아버지가 다시 눈길을 던지자 또 입을 닫아야 했다.

"셋, 넷……."

몇 악절이나 지났을까, 할아버지가 보면대를 두드렸다. 멈추라는 신호였다. 연주를 하다 보니 도무지 들어줄 수 없는 불협화음이 되어 버렸기 때문이다. 우리는 어안이 벙벙해서 서로 얼굴만 바라보았다. 바이올린과 첼로가 연주한 곡조는 똑같지 않았다. 사실 완전히 다른 곡조였다. 하지만 둘이 섞이니 정말이지 '매혹적'이었다. 할아버지라면 이렇게 말했겠지.

"다시!"

다시 시작했다. 그리고 또다시……. 플루트도 같이 연주하기 시작했다. 아나소피아, 후안, 찬치토가 이리저리 뛰어다니며 조언을 하고, 손뼉을 치며 박자를 맞춰 주었다. 하지만 다 헛일이었다. 우리는 좀처럼 갈피를 잡지 못하고 어쩔 줄 몰라 했다. 악기에 꼭 매달린 채 뒤죽박죽 뒤섞인 소리의 바다 속을 허우적대고 있었다. 절뚝이의 트럼펫까지 거들자 더 끔찍한 소란이 벌어졌다. 절뚝이는 새빨개진 얼굴로 당장이라도 터질 듯 목에 핏대를 세우고 정신 나간 사람처럼 트럼펫을 불어 댔다. 찬치토의 요란한 손짓도 아무 소용없었다. 내가 연주하는 소리가 내 귀에 하나도 들리지 않았다. 할아버지가 막대기로 보면대를 두드려 연주를 중단시켰다.

"절뚝이, 조금 작게! 훨씬 더 작게! 다른 사람들 연주를 들어야지!"

절뚝이가 펄쩍 뛰었다.

"절뚝이라니요? 이제 절 절뚝이라고 부르지 마세요. 진짜 이름을 찾았거든요. 요한 슈트라우스라고 불러 주세요."

할아버지는 놀란 눈으로 절뚝이를 바라보았다.

"요한 슈트라우스라…… 그게 정말이니?"

절뚝이가 고개를 끄덕였다.

"네, 제가 태어났을 때 사람들이 지어 준 이름 말이에요. 먼젓 번에는 생각이 안 났던 것뿐이고요."

어쩌나 자신만만했던지 어쩌면 정말일지도 모른다는 생각이 들었다. 어쩌면 절뚝이의 진짜 이름이 정말로 요한 슈트라우스일지도 모른다! 하지만 그런 이름으로 불린다는 게 쉽지는 않을 것 같았다. 노인은 중국 사람 같은 미소를 지으며 말했다.

"그래, 절뚝…… 요한 슈트라우스. 기억하도록 하마. 다시 시작하자……. 이번에는 작게 불어야 한다."

연주가 시작되자마자 나는 어쩔 줄 모르고 쩔쩔맸다. 어디를 연주하고 있는지 헷갈렸다. 나만 그런 것도 아니었다. 사카리아스를 슬쩍 보니, 그 애도 헤매고 있었다. 바이올린은 삐걱삐걱 끽끽 소리를 냈고, 절뚝이는 잔뜩 휜 다리로 서서 트럼펫을 아무렇게나 불어 댔다. 게다가 엄청나게 큰 소리로 빽빽! 모두 어쩔 줄 모르고 헤맸다. 그렇게 형편없는 연주라니! 미뉴에트는 성난 고양이 떼울음소리로 변해 버렸다. 절대 성공할 수 없을 것만 같았다. 구두닦이나 신문팔이가 날 때부터 첼리스트나 플루티스트는 아니지 않은가. 놀랍게도, 이 모든 난리법석에도 할아버지는 조금도 화를 내지 않았다. 계속해서 다시 시작하라고만 했다. 어쩔 때는 다 같이, 어쩔 때는 몇몇 악기들만. 할아버지는 커다랗게 손짓을 하고, 보면대를 톡톡 두드리고, 손가락을 입술에 갖다 대기도 했다.

"휴식."

한참 지난 다음 할아버지가 이렇게 말하며 우리를 바라보았다.

"지겹니? 이제 그만할까?"

아무도 나서지 않았다. 우리는 미뉴에트를 다시 연주했다. 아나 소피아와 후안은 이리저리 뛰어다니며 가르치는 한편 함께 연주하기도 하고 조언을 하기도 했다. 찬치토는 절뚝이 옆에 달라붙어서 어떡하든 진정시키려고 했다. 막혔다가, 그럭저럭 괜찮게 연주했다가, 푹 빠져서 열심히 연주하기도 했다가…….

"오늘은 이만하면 됐다. 내일 다시 하자꾸나."

마침내 할아버지가 말했다.

해가 떨어진 지 이미 오래였다. 시간이 얼마나 흘렀는지 아는 사람은 아무도 없었다. 손가락이 온통 흐물흐물했다. 할아버지가 보면대에서 눈을 들었다.

"너희들이 정말 자랑스럽구나. 오래지 않아 진짜 음악처럼 들리게 될 거야. 진짜 오케스트라가 될 거라고 장담하마."

목소리에서 거짓말이 아니라는 게 느껴졌다. 할아버지는 우리를 정말 자랑스럽게 생각하고 있었다.

"세뇨르, 인사하셔야죠."

누군가의 말에 할아버지가 절을 했다. 우리는 모두 일어나 끝도 없이 박수를 쳤다. 마침내 침묵이 다시 찾아왔을 때, 할아버지가 커다란 손짓으로 우리를 가리키더니 박수를 쳤다. 우리 모두를 위해 혼자 박수를 친 것이다.

"젠장! 내가 박수를 받는 날이 다 있네!"

사카리아스가 훌쩍거렸다.

29

“사십 센타보다.”

뚱뚱보 아니타 아줌마가 나에게 김이 모락모락 나는 죽 사발을
건네며 말했다.

“사십이라구요? 어제까지만 해도 삼십이었잖아요!”

“내일이면 오십이 될지도 몰라, 꼬마야! 그렇다면 그런 줄 알아
야지. 다들 형편이 어려워. 난들 어쩌겠니? 이 나라엔 이제 더 이
상 아무것도 없단다. 물, 진흙, 굶주린 빈털터리들뿐이지.”

“하지만……”

“‘하지만’은 안 통해. 값을 치르고 죽을 사든가, 네가 값을 못
치르면 너보다 부자한테 파는 수밖에.”

할아버지가 오케스트라를 소집한 뒤로 거의 한 달이 지났다. 밖에는 비가 끝도 없이 줄줄 내리고 있었지만 음악 학교는 매일 저녁 바글바글했다. 단 한 번이라도 연습을 거르는 아이는 없었고, 미뉴에트는 거의 완성 단계였다. 그래서 할아버지가 '소곡'이라고 부르는 곡을 새로 시작했다. 소나티네 한 곡과 론도 한 곡이었다. 몇 세기나 전에 두 사람이 작곡한 곡이라고 했다. 할아버지는 들뜬 얼굴로 그 사람들의 이름을 말해 주었다. 헨델과 모차르트…… 죽은 지 한참이어서 '마에스트로' 빼고는 아무도 들어 본 적이 없는 이름들이었다.

비는 이미 한 달 전에 그쳤어야 했다. 장마철이 이렇게 오래간 적은 한 번도 없었다. 노인들도 이렇게 하루도 빠짐없이 비가 쏟아지는 걸 본 기억이 없다고 할 정도였으니까.

곰팡내 나는 묵은 밀과 콩을 파는 몇몇 사람들과 아니타 아줌마 빼고, 리오 델 오로 시장은 텅 비었다. 그나마 얼마 안 되는 물건도 하루가 다르게 값이 치솟았다.

몇 주 전부터 농부 아줌마들도 내려오지 않았다. 저 위, 레알 산맥 골짜기에서는 진흙이 모든 걸 앗아가 버렸다고 했다. 집, 사람, 가축까지도. 아무것도 남지 않아서 살아남은 사람들은 나무 뿌리를 캐 먹고 있다고 했다.

"이제 결정을 내리렴, 꼬마야!"

아니타 아줌마가 재촉했다.

주머니 깊숙이 손을 집어넣어 보았지만 얼마가 있는지는 뻔했다.

"삼십 센타보밖에 없어요."

내가 기어 들어가는 목소리로 말했다.

전날부터 번 돈은 그게 다였다. 루시아가 눈을 크게 뜨고 나를 바라보았다.

"하는 수 없지!"

아니타 아줌마가 어깨를 으쓱했다. 아줌마는 내 손에서 사발을 낚아채더니 한 숟갈 덜고 다시 건네주었다.

"오늘은 됐다! 하지만 다음부턴 이런 일 없을 줄 알아. 그리고 사발은 꼭 다시 가져와. 그렇지 않으면 네 동생을 구워 버릴 테다!"

루시아가 아줌마에게 환하게 웃어 보였다. 아줌마는 30센타보를 챙겨 넣었다.

우리는 문 앞에 쪼그리고 앉아 죽을 나눠 먹었다. 절뚝이는 조금 떨어져 앉아 흐물흐물해진 담배 꽁초를 태우고 있었다. 오전 나절 내내 원숭이들과 눈에 불을 켠 경비들을 피해 나시오날 대로의 쓰레기통을 뒤지고 다녔지만 건진 게 시원치 않았던 모양이다. 죽을 같이 먹자고 해 보았지만 절뚝이는 고개를 저었다.

“됐어……. 다이어트 중이야.”

30

리오 델 오로는 '금의 강'이라는 뜻이다. 하지만 시장의 상황은 이름과 조금도 어울리지 않았다. 뚱뚱보 아니타 아줌마네 죽은 금 값에 팔렸지만 곰팡내가 났고, 고기 파이에 쓰는 밀가루는 돌멩이 같은 회색이었다. 미친 듯이 쏟아지는 빗줄기가 모든 것을 앗아가 버려, 남은 것이라고는 땅 한 뙈기와 물, 바위뿐이라고들 했다. 하지만 뚱뚱보 아니타 아줌마는 모두가 절망적이지는 않다고 덧붙였다.

"원숭이들 초소 쪽으로 한번 가 보라는 얘기야."

아줌마가 수군거리더니 목소리를 더 낮췄다.

"아니면 대통령 관저 지하 저장고에 가 보라지. 과연 텅 비어 있을까?"

하지만 그렇게 멀리 갈 필요도 없었으니……

쿠르소 바호 맞은편 마요르 광장의 대형 상점들에는 과일, 토마토, 감자, 파파야 등등이 그득그득했다. 진열창을 죽 따라가며 보기만 해도 알 수 있었다. 물론 경비들이 의심스러운 눈으로 우리를 좇다가, 들어갈 기미가 보일라치면 바로 막아섰지만. 구시청 쪽에는 돌멩이, 벽돌, 석고 덩어리가 넘쳐흘렀다. 손만 뻗으면 잡힐 정도로 여기저기 널려 있었다.

손만 뻗으면 잡힐 정도…….

누가 제일 먼저 돌을 주웠더라? 어쩌면 벌써 분위기가 그렇게 돌아가고 있었는지도 모른다. 그런 생각이 빗방울과 함께 갑자기 우리 머리 위로 떨어진 게 아니었다면. 우리가 서로 말을 맞춘 일이 없다는 것만은 확실하다. 사카리아스, 타르타무도, 절뚝이, 라울, 구아만 할아버지의 기도와 같은 값에 키스를 해 주는 아름다운 마르타, 오케스트라 멤버 거의 전원, 그리고 다른 사람들까지…… 모두 주머니에 돌멩이와 벽돌을 담기 시작했다. 오십, 아니, 육십 명쯤, 어쩌면 그보다 더 많았는지도 모른다. 정확히 말하기는 어렵다. 대부분 거리의 아이들이었지만, 무슨 일이 일어날지 미리 짐작이라도 했는지, 우리가 한 번도 가 본 일 없는 동네에서 온 사람들도 있었다.

루시아는 나중에 만나기로 하고 음악 학교에 남겨 두었다. 주머니 깊숙이 집어넣은 돌덩이들 때문에 허벅지가 까끌거렸다. 절뚝이는 밖에서 기다리고 있었다. 벽돌을 어찌나 많이 넣었는지 평소보디 십 킬로그램은 더 나가 보였다.

"절뚝이 넌 가면 안 돼. 일이 틀어지기라도 해 봐. 뛰어서 도망치기엔 힘들잖아."

"또 한 번만 그렇게 부르면 벽돌로 뭉개 버릴 거야!"

내가 히죽거리며 말했다.

"아무튼 넌 가면 안 돼……."

"내가 알아서 해!"

우리는 두셋씩 짝을 지어 장대비 속에서 쿠르소 바호를 지났다.

"꽤꽤꽤꽤 격격격격하겠는데."

타르타무도가 내 옆으로 끼어들며 속삭였다.

마요르 광장에 있는 히간테는 동네에서 제일 크고 제일 인기 좋은 상점이었다. 우리는 이리 떼처럼 히간테를 향해 다가갔다. 차 뒤에 숨기도 하고, 빗속에서 연기를 내뿜으며 터미널에 정차해 있는 커다란 시외버스 사이로 끼어들기도 했다. 비가 쏟아져 내리고 있었다……. 경비들은 아무것도 눈치채지 못했다.

첫 번째로 날아간 돌에 의류 매장 쪽 진열창이 박살 났다. 그게 신호였다. 벽돌, 볼트, 시멘트 블록, 고철 덩어리가 순식간에 진열

창으로 날아들었다. 갖가지 물건이 우당탕탕 우박 소리와 함께 사방에서 쏟아지는 바람에 경비들까지 도망쳐 버렸다. 나도 미리 재어 둔 탄알을 하나하나 차근차근 던지면서 조금씩 앞으로 나아갔다. 던지는 돌마다 겨냥한 곳으로 정확히 날아갔다. 돌멩이가 내 생각하는 대로 움직였다. 엄청나게 힘센 무적의 사투르니노가 된 것 같은 기분이었다. 진열창에 금이 가기 시작하더니 요란한 소리를 내며 갈라졌다. 결국 세상이 끝장 나는 것 같은 요란한 소리를 내며 깨져 버렸다. 진열창이 하나씩 깨질 때마다 거친 함성이 터졌다. 그때마다 절뚝이의 목소리가 다른 사람들의 고함을 뚫고 힘차게 울려 퍼졌다.

모두가 동시에 덤볐다. 산산이 흩어진 유리 조각이 발밑에서 찌걱찌걱 소리를 냈다. 몇 분 뒤면 경비들도 정신을 차릴 테고 민병대원들도 들이닥칠 것이었다. 시간이 없었다.

사방에서 비상벨이 울려 퍼지기 시작했다. 나는 벌써 가게 안에 들어가 손에 잡히는 대로 이것저것 쓸어 담고 있었다. 한아름 들기도 벅차 옷소매를 묶어 자루를 만든 다음 물건들을 닥치는 대로 쑤셔 넣었다. 손님들은 겁먹은 얼굴로 비명을 질러 대며, 가게 안을 뛰어다니는 우리를 바라보았다. 벽에 몸을 딱 붙이고 숨으려는 사람들도 있었다. 우리 손에 죽기라도 할까 봐 겁나는 모양이었다. 절뚝이는 과일 진열대 위로 기어 올라가 잘 익은 토마토 하나

를 집어 얼굴에 문질렀다. 그러더니 방방 뛰면서 과일들을 사방팔
방으로 날려 보내기 시작했다.

"야호! 잡아요, 잡아! 자, 자, 오늘만 공짜! 거저 드려요!"

귀청이 찢어져라 비상벨이 울렸다. 경비들은 시로 이래라 지래
라 소리 높여 외치며 우리를 쫓아왔다. 밖에서는 차들이 뒤죽박죽
뒤엉켜 경적을 울려 대고, 우리는 고래고래 소리를 질러 댔다! 이
난리법석 가운데 갑자기 누군가가 당황한 목소리로 외쳤다.

"셔터! 튀어! 셔터가 내려온다!"

밤새 도둑을 막기 위해 치는 셔터가 천천히 내려오고 있었다.
당장 도망치지 않는다면 원숭이들에게 잡히는 건 시간 문제였다!
그런데 절뚝이가 눈에 띄지 않았다. 나는 줄행랑을 치면서도 초콜
릿 몇 개를 더 챙기고 나서 셔터가 다 내려지기 일보 직전에 아슬
아슬하게 빠져나왔다. 좁은 틈새로 몸을 밀어 넣고 자루를 간신히
빼낼 수 있었다.

비상벨 소리에 갑자기 경찰차의 사이렌 소리까지 뒤섞어 울리
기 시작했다.

31

내가 밖으로 나오자마자 원숭이들이 여기저기에서 나타났다. 커다란 차들이 길을 막더니 철모와 방독면을 쓰고 한 손에는 방패를, 한 손에는 곤봉을 든 민병대원들이 차에서 뛰쳐나온 것이다…….

나는 절뚝이를 기다리지 않고 쿠르소 바호 쪽으로 걸음아 날 살려라 앞만 보고 내달렸다. 민병대원들이 뒤쫓아오고 있었다. 몇 발짝 옆에서 최루탄이 터지기 시작했다. 연기 때문에 눈은 따끔거리고, 목은 찢어질 것 같고, 가슴은 터질 것 같았다. 숨이 막힐 듯 기침이 쏟아져 나왔다. 신선한 공기를 마시고 싶었지만 계속 달려야 했다. 절대 멈춰서는 안 됐다!

더 빨리 달리려고 훔친 물건들을 던져 버리는 사람들도 있었다. 하지만 나는 전부 가져가고 싶었다. 미친 짓인지도 모르겠다. 그래도 루시아에게 보여 주고 싶었다. 민병대원들이 바짝 따라붙었다. 발걸음 소리, 지시하는 소리, 곤봉 휘두르는 소리가 여기저기에서 들렸다. 그렇지만 빈손으로 돌아가자고 이런 일을 벌인 건 아니지 않은가. 달리고 또 달렸다……. 그러다 몇 발짝 앞에서 갑자기 절뚝이가 눈에 들어왔다. 최루탄 연기 때문에 눈이 따끔거렸지만 절름거리는 걸음걸이는 한눈에 알아볼 수 있었다. 어떻게 해서 내 앞에 와 있을까? 하지만 멈추지 않고 그냥 소리만 질렀다.

"절뚝아, 뛰어! 더 빨리!"

"슈트라우스라니까, 이 멍청아! 요한 슈트라우스!"

몇 미터쯤 더 달렸을까, 등 뒤에서 비명 소리가 들렸다. 힐끗 돌아보니 민병대원 한 명이 절뚝이 위로 곤봉을 치켜들고 있었다. 절뚝이는 바닥에 짐승처럼 몸을 움츠리고 매를 기다리고 있었다. 민병대원은 내 눈에 어마어마하게 커 보였다. 최루탄 연기를 막기 위해 방독면을 쓰고 있어서 돌연변이처럼 무시무시하게 보였다. 온몸이 굳어 바라볼 수밖에 없었다. 절뚝이의 몸 위로 곤봉이 내려찍혔다. 그러더니 다시 한 번! 구역질이 나오려고 했다. 루시아의 노래가 머릿속을 맴돌았다.

검은 옷 입은 남자 셋이 쫓아와요
얼른 얼굴을 가려요
잠들면 아무한테도 안 들켜요
하지만 밖으로 나가면 끝장이죠

사이렌 소리가 안개를 뚫고 크게 울려 퍼졌다. 민병대의 시위 진압용 버스가 쿠르소 바호로 가는 길목을 막았다. 함정에 빠진 것이었다. 당황스러웠다. 민병대원이 잠깐이라도 머리를 든다면 나도 끝장이었다. 절뚝이처럼!

문득 막다른 골목이 떠올랐다. 바로 가까이에 있었다. 워낙 좁다 보니, 잘 모르는 사람들은 골목길이 있다는 것도 모르고 열 번이고 백 번이고 그 앞을 그냥 지나쳤다. 골목길로 미끄러져 들어가기 전에 슬쩍 돌아보았다. 절뚝이는 여전히 땅바닥에 누워 있었다. 빗줄기를 맞으며. 옴짝달싹 않고. 민병대원이 얼굴을 닦으려고 방독면을 잠깐 동안 올렸다. 상사였다. 최루탄 연기와 눈물 사이로도 알아볼 수 있었다.

상사가 방독면을 다시 내렸다. 나는 골목길 끝까지 뒷걸음질쳤다. 다 썩어 가는 판지 더미 뒤에 숨어 기다렸다. 겁이 나서 죽을 것 같았다. 연기 때문에 눈은 빨갰고 숨은 거칠었다. 기침을 참으려고 갖은 애를 썼다. 목 언저리에서 핏줄이 팔딱팔딱 뛰었다. 상사의 그림자가 골목길에 드리워졌다. 심장이 쿵 내려앉았다. 몸속에서 갑자기 모든 게 빠져나가는 것 같았다. 숨을 참았다. 겁에 질려 몸이 굳은 채 꼼짝하지 않았다. 그림자는 겨우 몇 미터 떨어진 곳에 있었다. 서너 걸음만 다가와도 끝장이었다. 하지만 상사는 잠깐 눈길을 주는가 싶더니 나를 보지 못하고 다른 사람들을 잡으러 가 버렸다. 골목길 안이 너무 어두웠던 것이다.

나는 판지 더미 뒤에 가만히 숨어 기다렸다. 심장이 쿵쿵 뛰고 눈물이 흘러내렸다. 최루탄 때문만은 아니었다. 광장 쪽에서 요란한 소리가 무시무시하게 들려왔다. 비명, 아우성, 뭔가를 내려치는 소리, 달음질, 오가는 명령, 끝없이 울리는 사이렌, 윙윙거리는 엔진, 귀가 먹먹해지도록 지붕 위로 퍼붓는 빗줄기…….

나는 계속 죽은 듯이 꼼짝 않고 있었다. 뼛속까지 젖어 들었고, 머릿속은 갖가지 무서운 생각으로 가득 차고, 귀는 윙윙거렸다. 땅바닥에 축 늘어진 절뚝이의 모습, 그 위로 미친 상사가 곤봉을 휘두르는 모습이 눈앞에 어른거렸다.

손가락 하나 움직이지 못한 채로 얼마나 지났을까. 절뚝이가 바로 저 앞에 있다. 어쩌면 죽었는지도 모른다. 그런데도 나는 아무 것도 하지 못했다.

32

고함 소리가 잦아들었다. 오후가 시작될 무렵 떨어지던 굵은 빗
방울이 희뿌연 는개로 변해 있었다. 살그머니 밖을 내다보았다.

광장은 텅 비어 있었다. 아무도 없었다. 그림자 하나, 개미 새끼
하나 찾아볼 수 없었다. 이따금 차 한 대가 전속력으로 쿠르소 바
호를 거슬러 올라갈 뿐이었다. 원숭이들도 빗속으로 뿔뿔이 흩어
진 모양이었다. 바닥에는 돌멩이, 벽돌, 자동차 앞유리 조각, 바람
에 부스럭 소리를 내는 비닐봉지, 버려진 옷가지 같은 것들이 널
브러져 있었다. 공기 중에는 아직도 매캐한 최루탄 냄새가 가득했
다. 가게들은 난리가 시작된 뒤로 계속 셔터를 내린 채 문을 닫았
다. 회사들도 재빨리 직원들을 대피시켰다. 길바닥에 뒤집힌 자동

차 한 대가 연기를 내뿜고 있었다. 고무 타는 냄새에 구역질이 났다.

그 모든 난리 끝에 평온이 찾아오다니, 도리어 무시무시했다.

나는 절뚝이를 마지막으로 본 지리끼지 기어가 속삭였다.

"절뚝아! 절뚝아!"

벽에 기대앉은 누군가가 몸을 조금 움직였다.

"절뚝아!"

절뚝이가 머리를 까딱이더니 눈을 살짝 떴다.

"젠장, 너 계속 이럴래?"

목소리가 하도 작아서 겨우 알아들었다.

절뚝이는 얼굴을 찌푸리며 숨을 골랐다.

"슈트라우스…… 내 이름은 요한 슈트라우스라고 했잖아."

"그 미친놈이 널 죽인 줄 알았어."

"그럴 뻔했지……. 잘 모르겠어……."

"걸을 수 있겠어? 잠깐, 도와줄게."

절뚝이를 안아 일으키다 그 애가 기절하는 줄 알았다.

절뚝이는 숨을 헐떡이며 벽에 기대섰다. 두 눈은 감겨 있었다.

"괜찮아?"

"그럼, 사투르노……. 멀쩡해."

우리는 힘겹게 길로 나섰다. 절뚝이가 붙잡고 매달리는 바람에 내가 떠받치는 꼴이 됐다. 수도 없이 걸음을 멈춰야 했다. 절뚝이는 허리를 굽히고 숨결을 가다듬으려 했다. 숨을 쉬기 힘든 모양이었다. 절뚝이가 가슴을 만지며 말했다.

"여기가…… 으르렁거려……. 꼭 엔진같이."

"말하지 마! 말하면 안 돼!"

몇 발짝 더 갔다. 내 손에는 여전히 가게에서 가져온 물건들을 담은 티셔츠가 들려 있었다. 절뚝이도 진흙투성이 작은 봉지 하나를 꼭 붙들고 있었다.

다시 멈췄다.

"이게 뭐야?"

절뚝이는 눈을 반쯤 감은 채 숨을 길게 들이마셨다. 그러더니 진흙투성이 봉지를 건네며 말했다.

"몰라."

웃음이 나왔다.

"스타킹! 뭐야, 스타킹을 훔쳤어?"

"멋진데! 바로…… 내가 선물하고 싶었던 거야……."

"아나소피아한테?"

절뚝이가 고개를 끄덕이며 미소를 지어 보이려 했다. 하지만 찌푸린 얼굴이 되고 말았다. 경찰차 한 대가 건물 벽에 경광등 불빛을 쏘며 지나갔다. 우리는 꼼짝도 하지 않고 기다렸다가 경찰차가 나시오날 대로 쪽으로 간 다음 다시 음악 학교 쪽으로 발걸음을 옮겼다. 몇 발짝 가고, 한숨 돌리고, 또 몇 발짝 가고, 한숨 돌리고…… 절뚝이는 그럴 때마다 앓는 소리를 냈다.

시내가 그처럼 조용했던 적이 없었다. '여긴 우리 둘뿐이고, 절뚝이는 멀쩡해' 하고 걷는 동안 주문처럼 내내 되뇌었다. '여긴 우리 둘뿐이고, 절뚝이는 멀쩡해……'

루시아는 우리를 보더니 바로 내 품으로 달려왔다. 루시아의 눈도 내 눈만큼이나 빨갰지만 최루탄 때문이 아니었다. 셔터가 내려오면서 우리가 가게 안에 갇힌 게 틀림없다는 얘기를 들은 것이다. 하지만 나는 초콜릿 한아름과 함께 돌아왔다. 루시아에겐 좋은 소식이었다. 마지막으로 초콜릿을 먹어 본 건 야야구아에서였으니까.

아무도 다시 보지 못해 상태를 알 수 없는 바이올린 주자 루이스를 빼고 심하게 다친 사람은 절뚝이뿐이었다. 음악 학교에 들어서자마자 절뚝이는 한구석에 틀어박혔다. 시체처럼 새하얗게 질린 얼굴로 숨을 거칠게 몰아쉬며 벽에 등을 기댄 채 꼼짝 않는 것이었다. 혼자 놓아둘 수 없는 상태였지만 아무도 다가갈 수가 없었다. 아나소피아마저도.

"별거 아녜요……. 그 미친놈이…… 좀 심하게 때려서 그래요."

“어디 좀 보자.”

아나소피아가 셔츠를 벗기려 했지만 절뚝이는 그 손을 떼밀었다.

“됐어요. 선물이…… 있어요.”

“나한테?”

절뚝이가 고개를 끄덕였다.

“사투르노…… 줘!”

나는 스타킹이 들어 있는, 진흙투성이의 구겨진 작은 봉지를 내밀었다.

“스타킹?”

아나소피아가 절뚝이를 멍하니 바라보았다.

“우리 엄마처럼…… 예뻐지라고…… 까만 원피스 있잖아요…… 저번에 입은……”

아나소피아가 절뚝이의 볼에 입을 맞추며 고맙다고 중얼거렸다. 절뚝이는 미소를 지었지만 정말 아파 보였다.

“마에스트로가 오면 바로 의사를 불러 주실 거야.”

절뚝이가 고개를 저었다.

“됐어요…… 금방 나을 텐데요, 뭐……”

33

"그그그그그래서 내내내내가 그놈 어어어어얼굴에다가 주먹을 나나나날렸어. 그그그리고 그그그그그때……"

타르타무도가 신나게 허풍을 늘어놓았지만 아무도 귀를 기울이지 않았다.

모두 충격에서 헤어나지 못해 멍하니 잠자코 있었다. 그토록 위험한 일을 벌였다는 사실이 믿기지 않았다. 우리한테 그런 일을 저지를 배짱이 있었다는 것도, 민병대와 맞섰다는 것도……. 그러면서도 죽도록 겁이 났다.

루시아가 초콜릿 조각을 손에 쥐고 옆에 앉아 내가 가져온 물건들을 바라보고 있었다. 계산을 해 보았다. 한 사람이 하루에 초콜릿 바 하나씩 먹는다고 치면 26일을 버틸 수 있다!

"절뚝이 오빠도 같이?"

갑자기 얼굴이 달아올랐다. 루시아는 함박웃음을 짓고 나서 다시 초콜릿을 빨기 시작했다.

절뚝이는 눈을 반쯤 감고 벽에 기대 있었다. 사람들이 두런대는 소리를 가만히 듣고 있는 것 같았다. 가끔씩 얼굴을 찌푸렸지만 그뿐, 그처럼 조용한 모습은 처음이었다.

음악 학교도 마찬가지였다. 늘 불협화음으로 가득하던 공간이 처음으로 쥐 죽은 듯 잠잠했다. 삑삑거리는 플루트 소리, 낑낑거리는 바이올린 소리 하나 들리지 않았다. 그저 속삭이는 소리, 중얼거리는 소리만 들려왔다.

유리창을 따라 흘러내리는 빗줄기 사이로 경광등 불빛이 여기저기 보였다. 소동이 일어나자마자 민병대가 큰 사거리마다 자리 잡고 동네 전체를 에워싼 것이다. 후안 말로는 민병대가 할아버지 때문에 당장 움직이지 않는 거라고 했다. 할아버지가 대통령의 친구라는 사실을 모르는 사람이 없었으니까. 하지만 공격은 언제든지 시작될 수 있다……. 대통령의 명령이 떨어지기만 하면. 아니, 명령까지도 필요하지 않을지 모른다. 민병대는 우리가 어디에 있는지 알고 있으니까.

할아버지는 우리의 방패였다. 하루 종일 감감무소식이라는 게 문제였다. 몇 번이고, 후안과 아나소피아가 몇 번이고 연락을 해 보았지만 번번이 실패했다. 음성 메시지도 남길 수 없었다. 도청을 당하고 있음을 눈치챈 '마에스트로'가 미리 지시를 내렸기 때문이다. 여전히 아무 소식도 없었다. 음악 학교가 문을 연 뒤로 처음 있는 일이었다.

"아주 돈 건 아니었나 보네. 튀었어."

사카리아스가 투덜거렸다.

아나소피아는 기분이 상한 모양이었다. 우리를 이렇게 내버려 두다니, 할아버지다운 일이 아니었다. 하지만 싫든 좋든 간에 대통령의 친구 아닌가…….

34

할아버지는 해가 떨어지고 나서야 도착했다. 무슨 일이 있었냐는 듯, 언제나처럼 흠잡을 데 없는 차림에 웃는 얼굴이었다. 커다란 상자들을 잔뜩 짊어진 남자 세 명도 함께였다. 할아버지는 후안에게 바로 다시 내려가겠다는 손짓을 하더니 앞장서서 위층으로 올라갔다. 이 방 저 방 문을 열며 지시를 내리는 소리가 한참 동안 들렸다.

"이 방에 두 상자, 저 방에 세 상자……"

남자들은 몇 번이나 위층으로 무거운 상자를 여럿 들고 올라갔다가 빈 상자를 들고 내려왔다. 할아버지가 보면대로 다가가더니 놀란 얼굴로 물었다.

"아니…… 아직 악기도 안 꺼내고 왜들 그러고 있지?"

낮에 있었던 일에는 하나도 신경 쓰지 않는 눈치였다. 이상스럽게 소란스러운 분위기 속에서 우리는 자리를 잡고 앉았다. 절뚝이는 여전히 한구석에 틀어박혀 있었다. 하지만 거친 숨소리도 잦아들었고 숨쉬기도 한결 편안해 보였다. 우리가 악기를 조율하는 동안 할아버지가 절뚝이에게 다가가 몇 마디를 건넸다. 절뚝이가 고개를 젓는 게 보였다.

준비가 끝나자 할아버지가 보면대 가장자리를 두드렸다.

"둘, 셋, 넷……"

나는 금세 음악 속으로 빠져들었다. 손가락을 어떻게 놀릴까, 손을 어디에 둘까, 활은 어떻게 둘까, 박자는 어떻게 맞출까…… 중요한 건 이것뿐이었다. 나머지는 모두 사라졌다. 할아버지의 말을 빌리면 '포르티시모'로 연주하는 것밖에 모르는 절뚝이가 빠지니 연습이 보통 때보다 훨씬 수월했다. 엉뚱한 소리 하나 내지 않고 미뉴에트, 소나티네, 론도까지 줄줄이 연주하는 데 성공했다. 어려운 부분이 무사히 끝나자 할아버지는 눈을 지그시 내리감고 고개를 끄덕였다. 절뚝이는 구석에 쭈그리고 앉아 미소 띤 얼굴로 연주에 귀를 기울였다.

평소와 거의 다름없었다.

하지만 연습은 평소보다 짧았다. 할아버지는 두 손으로 보면대를 짚고 몸을 앞으로 숙인 채 우리의 눈을 들여다보았다. 입가에는 보일락 말락 미소가 떠올랐다.

"오후에 있었던 일에 대해서는 너희들이 더 잘 알고 있겠지……. 오는 길에 민병대원들과 마주쳤는데, 좀…… 짜증이 난 것 같더구나. 피곤해서 그러겠지. 그렇지만 너희들은 오늘 밤만이라도 여기 있는 게 나을 것 같구나. 밖에 나가면 위험할 수도 있으니…… 침실도 꾸며 뒀고, 간단한 간식거리도 입구에 준비돼 있단다."

우리는 서로 얼굴만 바라보았다. 잘못 들었나 싶었다. "침실도 꾸며 뒀고, 간단한 간식거리도……" 할아버지는 정말 특이하게 말을 했다.

"그럼 오늘 여기서 자게 되나요?"

할아버지가 미소를 지으며 고개를 끄덕였다.

"자, 보러 갈까?"

우리는 할아버지를 따라 계단을 올랐다. 나는 절뚝이를 도와 함께 올라갔다.

"물론 조촐하단다."

지붕 밑 첫 번째 작은 방 문을 밀면서 할아버지가 말했다.

'조촐하다', 그건 '간식거리'와 마찬가지로 아무도 정확히 무슨 뜻인지 모르는 말이었다. 하지만 할아버지는 그런 말들을 좋아하는 것 같았다. 다른 방문들을 열면서도 "고르렴, 골라" 하고 되풀이했다. 하지만 우리는 방으로 들어갈 엄두도 못 내고 문 앞에 멍하니 서 있었다. 매트, 이불, 창문, 그것도 모자라 여닫을 수 있는 진짜 문까지 달린 방이라니!

"미안하구나, 이것밖에 해 주지 못해서 미안해……."

할아버지가 몇 번씩이나 말했다.

미안하다니! 이렇게나 궁궐 같은 방이 눈앞에 있는데! 절뚝이는 계속 이상한 숨소리를 내면서도 기운이 돌아왔는지 복도 끝까지 갔다 왔다. 만족스러운 얼굴이었다.

"야, 사투르노, 변소까지 있어!"

천국이 따로 없었다.

"슈트라우스 씨, 화장실이라고 하는 편이 낫겠지?"

할아버지가 미소를 지으며 말했다.

슈트라우스 씨라니! 절뚝이는 눈물이 날 정도로 좋았던 모양이다. 가만히 매트 위에 누운 절뚝이의 입가에 미소인지 찡그림인지 모를 뭔가가 떠올랐다.

"난 여기 있을게, 사투르노……. 조금 잘래……. 내일이면…… 멀쩡해질 거야."

"뭐 좀 먹지 않을래?"

하지만 절뚝이는 고개를 흔들고 벽 쪽으로 돌아누웠다.

아래층에서는 아나소피아와 후안이 벌써 '간식거리'가 들어 있는 상자를 열었다. 상자 안에는 과일, 도넛, 속을 채운 고추 튀김, 파이, 콜라 같은 것이 가득 들어 있었다. 할아버지를 슬쩍 보니, 층계 위에 앉아 우리가 게걸스럽게 먹어 치우는 모습을 웃으며 바라보고 있었다. 어찌나 환하게 웃던지 눈가에 주름이 자글자글 잡혀 있었다. 도무지 알 수가 없었다. 어떻게 그 모든 걸 우리에게 해 줄 수 있을까. 그토록 친절한 사람은 한 번도 본 적이 없었다.

그때 루시아가 다가와 내 귀에 속삭였다.

"아술라는 어떡하지?"

"내일 날이 밝으면 찾으러 갈게. 오늘 밤에는 경찰이 너무 많이 깔려서 위험해."

"내일 가면 안 돼! 지금 당장 가야 해! 혼자 내버려두면 아술라가 무서워할 거야."

"루시아, 아술라는 고양이잖아. 혼자 있는 데 익숙해."

"그냥 고양이가 아냐. 아술라란 말이야. 새끼도 있고, 익숙하지도 않아."

절뚝이라면 "볼기짝을 때려 줘야 다신 안 그러지" 하고 말하겠지……. 그래 봤자 여동생도 없는 주제에.

결국 아술라를 데리러 가기로 했다. 어쨌든 민병대원들의 눈을 피할 만한 샛길도 알고 있었으니까. 하지만 문고리를 돌리는데 누군가가 어깨에 손을 올렸다.

"오늘 밤에는 나가지 않는 편이 좋겠다, 사투르니노."

할아버지였다.

"루시아기 키우는 고양이를 찾으러 가는 거예요. 금방 다녀올
게요."

"그럼 나랑 같이 가자꾸나!"

택시를 타 본 것은 처음이었다! 운전수는 민병대가 지키고 있
는 사거리들을 솜씨 좋게 피해 갔다. 할아버지는 공항까지 가는
길 내내 한마디도 하지 않았다. 택시가 갓길에 멈춰 섰다. 비는 여
전히 줄줄 쏟아지고 있었다. 할아버지는 우리 경비 초소까지 함께
가겠다고 고집했다. 할아버지는 나를 따라서 철책에 난 구멍을 지
나, 내가 아술라와 새끼들을 상자에 담는 동안 손전등 빛으로 초
소 안을 구석구석 살폈다. 흠뻑 젖은 바닥, 축축한 벽, 함석지붕
틈새로 새 들어오는 바람, 휘어진 문짝……

바로 옆에서 들린 으르렁 소리에 할아버지가 펄쩍 뛰었다. 나는
웃으며 말했다.

"겁내지 마세요, 마에스트로! 별거 아니에요. 마지막 비행기예
요. 아르헨티나 항공 맥도널기요. 전 줄줄 다 꿰고 있거든요."

으르렁 소리에 귀가 먹먹해졌다. 할아버지가 귀를 막았다. 주변
이 온통 흔들리기 시작했다. 비행기가 코밑까지 달려오더니 치솟

았다. 나는 비행기가 하늘 위로 떠올라 방향을 틀고 멀리 날아가는 모습을 바라보았다…….

"아름답죠?"

"끔찍하구나. 음악가한테는 끔찍한 환경이야……. 이불도 챙기렴, 사투르니노. 다시 여기로 돌아올 일은 없을 테니 말이다."

음악 학교로 돌아가 보니 루시아는 이미 잠들어 있었다.

아슬라는 새끼들을 하나씩 입에 물어 루시아의 발치에 내려놓은 다음 몸을 동그랗게 말고 누웠다. 그러더니 새끼들에게 젖을 물리면서 골골거렸다. 절뚝이는 내가 떠나기 전과 마찬가지로 벽을 보고 누워 끙끙 앓는 소리를 냈다. 숨을 들이쉴 때마다 그르렁 소리가 났다.

절뚝아, 절뚝아, 하고 불러 보았지만 대답이 없었다. 잠이 든 모양이었다.

35

소스라치게 놀라 잠에서 깼다.

날이 밝아 있었다. 작은 창으로 회색 빛 한 줄기가 새어 들었다. 머리 위에서는 빗방울이 지붕 위로 후드득 떨어지는 소리가 들려왔다. 장마가 영영 끝나지 않을 것만 같았다. 뭔가가 이상했다. 이불을 끌어올렸다. 어쩌면 방 때문인지도 몰라, 여기서 자는 데 익숙하지 않으니까……. 그래도 뭔가가 이상했다.

새끼 고양이 한 마리가 가냘프게 울었다. 옆을 돌아보니 발톱을 꾹꾹 박아 가며 절뚝이의 몸을 타고 올라가고 있었다. 그런데도 절뚝이는 꿈쩍도 않고 누워 있었다. 나를 잠 못 이루게 한 거친 숨소리도 더 이상 들리지 않았다! 별일 아닐지도 몰라. 괜찮을 거야……

"절뚝아."

작은 목소리로 불러 보았다.

절뚝이는 움직이지 않았다. 조금도. 새끼 고양이가 어깨쯤까지 올라가 한 발을 절뚝이의 뺨에 갖다 대었다. 하지만 절뚝이는 놀라지도 않았다.

온몸의 피가 빠져나가는 것 같았다. 귓가에서 벌떼 윙윙거리는 소리가 들렸다.

"절뚝아! 절뚝아! 제기랄! 대답해!"

고양이는 절뚝이의 얼굴에 올라가 두 발은 뺨 위에, 한 발은 코 위에, 또 한 발은 이마에 놓고 버티고 서 있었다. 루시아는 아직도 잠에 빠져 있었다.

절뚝이에게 가까이 다가가는데 이가 덜덜 떨렸다.

"절뚝아…… 야……"

손을 절뚝이의 어깨에 올려 보았다. 차갑게 굳어 있었다……

36

"내출혈입니다."

할아버지가 불러온 의사가 말했다.

겉보기에 절뚝이는 멍이 든 것 말고는 별문제가 없어 보였다. 멍이 크기는 했지만 딱히 걱정스러운 정도는 아니었다. 그런데 눈에 보이지 않게 몸 안에서부터 죽어 가고 있었던 것이다.

모두 복도에 나와 있었다. 루시아는 아나소피아의 품에 안겨 있었고, 고양이들은 방을 가로질러 신나게 뛰어다니며 술래잡기를 하고 놀았다. 눈물이 다 어디로 들어가 버렸는지, 내 눈가는 말라 있었다. 죽은 달팽이 껍데기처럼 메마르고 텅 비어 버린 기분이 들었다. 절뚝이를 바라보았다. 도무지 눈을 뗄 수가 없었다.

의사가 절뚝이를 눕히더니 손을 가슴 위에 올리고 눈을 감겼다. 그런 다음 비틀린 다리를 펴 보려고 한참 씨름했지만 결국 체념하는 것 같았다. 인디애나 대학교 운동복 바지를 입고 누운 절뚝이는 말쑥해 보였다. 이제 우리 음반은 영영 물 건너갔구나 싶었다…….

할아버지는 정말 대단했다. 절뚝이의 할아버지라도 된 것처럼 모든 일을 손수 처리했다. 진짜 할아버지라도 그보다 더 신경을 쓰지는 않았을 것 같다.

장례식 날, 거리에는 단 한 명의 민병대원도 보이지 않았다. 도대체 어디로 사라졌는지! 조문하러 온 사람은 어찌나 많던지, 이 많은 사람들이 다 어디서 나왔나 싶었다. 보통, 거리의 아이 하나 죽었다고 해서 장례식에 오는 사람은 없다. 사람들 눈을 피해 재빨리 기도를 마친 다음 여러 시체들과 한 구덩이에 넣고 흙 한 삽 떠 넣으면 그것으로 끝. 하지만 그날은 빗줄기 속에서 수백 명이 말 한마디 없이 질척질척한 땅을 밟으며 걸었다.

장례 행렬이 움직이기 시작했다. 눈물을 펑펑 쏟는 찬치토, 타르타무도, 사카리아스 그리고 나, 이렇게 네 명이 관을 들었다. 관 위에는 커다란 카세트 라디오가 올려져 있었다. 타르타무도가 재생 버튼을 눌렀다. 우리는 '라데츠키 행진곡'을 들으며 절뚝이를 묘지까지 배웅했다. 행진곡이 끝나면 다시 틀었다. 그렇게 활기찬

곡을 들으며 장례 행렬을 따르는 일은 아무 데서도 찾아보기 힘들겠지. 절뚝이가 얼마나 좋아했을까.

할아버지가 루시아의 손을 잡고 행렬을 따랐다. 다른 사람들은 그 뒤에서 걸었다. 아나소피아, 아름다운 마르타, 오케스트라 멤비들 말고도 수백 명이 우리 뒤를 따라 걸었다. 왜 따라오는지는 잘 모르겠지만. 절뚝이가 했던 말이 다시 생각났다. 어쩌면 절뚝이의 엄마도 저 사람들 속에 있을지도 모르지……. 묘지에 도착해 절뚝이네 엄마를 찾아 보려고 했지만 쉬운 일이 아니었다.

할아버지는 제대로 된 장례식을 준비했다. 글씨가 새겨진 동판이 달린 아름다운 돌이 절뚝이를 기다리고 있었던 것이다.

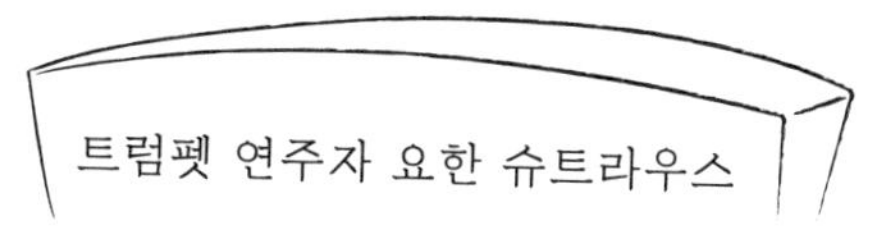

판 위에는 이렇게만 쓰여 있었다.

할아버지는 신부님도 모셔 왔다. 신부님은 절뚝이가 진짜로 죽은 게 아니라고 했다. 야야구아에서였다면 아빠는 이런 말을 듣고 몹시 화를 냈을 것이다. 하지만 엄마는, 인생이란 깜박하고 태엽을 감지 않은 자명종 같은 게 아니야, 하고 말했을 것 같다. 나는 그런 건 잘 모르겠다. 내가 봤는데, 절뚝이는 진짜로 죽었다. 죽지 않았다는 건 말도 안 되는 소리였다! 하지만 신부님의 얘기를 들으니 뭔가 안심이 됐다. 헷갈리기는 했지만.

절뚝이가 갑자기 혼자 남겨져 외롭지 않도록, 관을 내리면서 카세트 라디오도 같이 내렸다. 계속해서 '라데츠키 행진곡'이 흘러 나오고 있었다.

우리를 따라온 사람들이 구덩이에 꽃을 던졌다. 어디서 꺼냈을까? 이 동네에는 진흙하고 비밖에 없는데. 게다가 몇 주 전부터 꽃이라고는 보이지가 않는데! 꽃을 갖고 있지 않은 사람들은 꽃 대신 작은 색종이 조각을 던졌다. 뚱뚱보 아니타 아줌마가 꽃을 던진 다음 나를 꼭 껴안아 주었다. 아줌마의 커다란 가슴 때문에 숨이 막혀 죽는 줄 알았다.

꽃과 색종이 더미 아래에서 '라데츠키 행진곡'이 계속 들려왔다.

음악 학교에 돌아와서야 눈물이 나왔다.

37

천주의 성모 마리아님,

이제와 저희 죽을 때에

저희 죄인을 위하여 빌어 주소서……

그날 오후, 구아만 할아버지를 찾아갔다.

대성당 현관 계단에 무릎을 꿇고 얼굴은 하늘을 향해 들어 올린
채 할아버지는 기도문을 연달아 중얼거렸다. 사람들이 할아버지
옆에 놓인 빈 통조림 통에 5센타보나 6센타보 동전을 떨어뜨렸다.
수백 명이 찾아와 몇 주 전부터 온 나라를 뒤덮은 장대비를 멈춰
달라는 기도를 부탁했다. 사람들은 밤낮으로 대성당 입구에서 커

다랗고 하얀 초들에 불을 밝혔다. 성 바오로 상의 발에 입을 맞추고, 쏟아지는 빗줄기 아래 무릎을 꿇고 구아만 할아버지와 함께 낮은 목소리로 기도를 올리기도 했다.

여인 중에 복되시며……

나는 구아만 할아버지가 기도문 하나를 끝낼 때를 기다렸다가 다가갔다.

"얼마에 해 줄까?"

할아버지가 쳐다보지도 않고 물었다.

할아버지는 통조림 통에 가득한 동전들을 하나하나 세는 중이었다.

"비 때문에 온 게 아니에요."

"그것 참 드문 일이구나!"

할아버지는 내 얼굴을 한참이나 뚫어지게 쳐다보았다. 할아버지의 눈빛은 꿈꾸는 듯 흐릿하면서도 마음속까지 꿰뚫어 보는 것 같았다.

"전에도 온 적 있지, 그렇지?"

할아버지는 내 생각을 다 꿰고 있는 것 같았다. 나보다 더 나를 잘 아는 게 아닐까.

"네…… 벌써 오래전 일이에요. 죽은 친구들을 위해서 온 적이 있어요."

"기억난다. 그래, 이번에 무슨 일이냐?"

"혹시 해 주실 수 있는지 알고 싶어서요……. 누군가를 죽게 해 달라는 기도요."

마지막 말을 내뱉고 나자 구아만 할아버지의 눈빛이 날카롭게 빛났다. 주위 사람들은 계속해서 무릎을 꿇고서 기도하고 있었다. 기도 소리가 웅웅거렸지만 비 때문에 잘 들리지 않았다. 비는 끊임없이 고집스럽게 줄줄 쏟아져 내렸다. 우리를 싹 쓸어 버리고, 레알 산맥 꼭대기까지 잠기게 하기로 마음이라도 먹은 모양이었다.

"꼬마야, 나는 사람들이 잘되라고 기도한단다. 나머지는 악마가 할 일이지."

'악마' 라는 말에 몇 사람이 우리 쪽을 돌아보았다.

"하지만 이 죽음은 모두에게 좋은 일인걸요, 구아만 할아버지. 확실해요."

나는 할아버지에게 내 전 재산인 동전 몇 푼을 보여 주었다. 할아버지는 고개를 끄덕이면서 상자를 내밀었다. 동전들이 짤랑 소리와 함께 떨어졌다.

"그러니까 기도하실 때……"

할아버지가 손으로 내 입을 막으며 말했다.

"쉿! 알고 싶지 않다. 그냥 좋은 일이 될 죽음을 위해 기도하마. 죽음은 우리를 해방시키거나 속박하기도 하지. 또, 과일처럼 달콤한 죽음도 있고 풀처럼 쓴 죽음도 있지. 어쨌든 내가 결정할 일은 아니다. 이제 가렴! 조심해야 한다!"

그러더니 곧바로 하늘을 쳐다보면서 다시 기도를 시작했다.

은총이 가득하신 마리아님,

기뻐하소서……

나도 빗줄기를 맞으며 구아만 할아버지 옆에 무릎을 꿇었다. 아무도 할아버지가 읊조리는 말들을 가르쳐 준 적이 없었기에 나는 아무 말도 하지 않았다. 다른 사람들의 기도에 귀를 기울이다가, 온 마음을 다해 기도를 시작했다.

상사의 죽음을 위한 첫 번째 기도였다.

38

할아버지가 나에게 휴대전화를 빌려 줬다. 물론 내가 무슨 일을 하려는지 아주 잘 알고 있었다.

"거기 그 초록색 버튼이다……."

"네…… 알아요."

나는 혼자서 우리 방으로 갔다. 다른 애들은 아래층에서 벌써 악기를 조율하고 있었다. 절뚝이가 죽은 다음에도 할아버지가 평소처럼 연습을 계속하기로 결정했던 것이다. 나는 대통령의 전화번호를 정확히 기억하고 있었다.

신호음이 서너 번 울렸다. 그런 다음 누군가의 목소리가 들렸다.

"여보세요?"

침이 꿀꺽 넘어갔다. 머리끝부터 발끝까지 떨렸다.

"대통령님…… 절뚝이가 죽었어요."

전화기 너머에서 한숨 소리가 들리더니 전화가 끊겼다. 다시 걸었다…….

다시 목소리가 들렸다. 짜증이 난 것 같았다.

"여보세요?"

"절뚝이가 죽었어요."

"너, 로메로의 전화기를 훔쳤구나, 그렇지?"

내가 할아버지의 전화기를 쓰고 있다는 걸 어떻게 알았지? 이해할 수 없었지만 중요한 문제는 아니었다.

"아니요, 훔치지 않았어요. 저한테 빌려 주셨어요."

작은 웃음소리가 들렸다.

"빌려 줬다고? 이거야 원…… 그 친구, 여전하구만!"

"절뚝이가 죽었어요. 제 친구 말이에요. 대통령님 때문에 죽었어요!"

다시 한 번 말했다.

"무슨 소린지 모르겠구나."

"민병대원들이 죽였어요."

"그래, 민병대원들이 그랬다면, 내가 죽인 건 아니지! 친구가 저번 폭동에 끼어들었던 모양이로구나."

갑자기 목소리가 부드러워졌다. 정말로 이해해 보려는 마음이 있는 것 같기도 했다.

"그래, 네 이름은 뭐지?"

망설이디 대답했다.

"사투르니노예요."

"사투르니노, 로메로와 나는 오랫동안 단짝이었단다. 떼려야 뗄 수 없는 사이였지. 어렸을 때 우리는 이 나라를 위해 큰일을 하겠다고 꿈꿨단다. 그런데 지금을 보렴. 우리는 서로 다른 길을 택했지. 우리가 꿈꾼 대로 이뤄진 건 하나도 없단다. 하나도……. 그래도 말이다, 우리 둘은 뭔가 좋은 일을 할 수도 있었겠지. 아주 멋진 일을……. 언제나 우리가 선택할 수 있는 건 아니란다."

전화가 끊겼다. 엄마 아빠 얘기도, 야야구아 얘기도 하지 못했다. 아래층에서는 애들이 연습 준비를 하고 있었다.

할아버지에게 전화를 돌려주었다. 할아버지는 지휘봉 끝으로 보면대를 톡톡 두드리더니 마른기침을 했다.

"오늘 연습은 요한 슈트라우스에게 바치고 싶구나."

39

갑작스레 찾아온 장마는 갑작스레 물러갔다. 절뚝이의 장례식을 치르고 이틀 뒤의 일이었다.

아침에 눈을 떠 보니 레알 산맥이 지평선 위로 우뚝 솟아 있었다. 구름 때문에 온통 하얗게 보였다. 두 개의 까만 점이 날카로운 소리를 내지르며 하늘을 누비고 다녔다. 독수리가 사냥을 하는 거란다, 하고 아빠가 가르쳐 준 적이 있다. 내리쬐는 햇볕에 땅과 돌에서 모락모락 김이 피어 올라 거리를 미지근하고 푸르스름한 연기 속으로 빠뜨렸다. 시내가 보송보송 말라 가고 있었다.

뚱뚱보 아니타 아줌마를 비롯한 몇몇이 매일 나와서 장사를 벌이긴 했지만, 리오 델 오로 시장은 여전히 비어 있었고, 손님들은 여전히 드물었다. 마요르 광장 히간테 상점에서 소동이 벌어진 뒤로 민병대가 쿠르소 바호 부근을 더 철저히 감시했다. 그 바람에 나시오날 대로나 광장 쪽으로는 갈 수가 없었다. 관광객들이 곧 다시 몰려올 테고, 그렇게 되면 이 모든 일도 나쁜 기억에 지나지 않게 될 거라고 하는 사람들도 있었다. 그렇다고는 해도, 할아버지가 거의 매일 저녁 과일, 고기만두, 도넛 같은 것들로 가득한 상자를 들고 오지 않았더라면 어떻게 버텼을지 모르겠다.

거리는 몇 주 동안 비가 내리면서 습기와 무거운 공기로 가득했다. 조금만 움직여도 금세 몸이 끈끈해졌다. 소형 버스들은 걷는 것과 비슷한 속도로 어슬렁어슬렁 돌아다녔고, 평소에는 미친 듯이 경적을 빵빵거리며 간선도로를 누비던 대형 버스들도 커다란 고래들처럼 안개 속에서 헤엄쳤다. 시내가 슬로 모션으로 돌아가는 것 같았다. 사람들은 정처 없이 헤매고 다녔다. 오지 않을 무엇인가를 기다리는 것 같았다. 무슨 일이든 일어나 이 답답한 기분을 떨쳐 버려 주기를 기다리는 걸까.

할아버지만이 예전과 다름없었다. 여느 때와 마찬가지로 점심때가 지나 느지막이 흠잡을 데 없는 하얀 재킷과 파나마 모자 차림으로 나타났다. 음악 학교에 들어서면 파나마 모자를 벗어 들고 인사를 하고, 하얀 손수건으로 이마와 입을 훔친 뒤 우리에게 웃어 보였다.

"참 무더운 날씨로구나. 그렇지 않니? ……한동안 잊고 살았는
데 말이다!"

내가 구두를 닦는 동안 할아버지는 음악 학교 벽에 기대앉아 흥
얼거렸다. 그러다 사카리아스가 도착하면 수업을 시작했다.

겉창을 반쯤 내려도 더위가 꿀처럼 찐득찐득 들러붙었다. 음악
학교는 벌들이 웅웅거리는 벌집이라고 해도 좋을 만큼 여러 악기
소리로 가득했다. 오후가 끝날 무렵 어둠이 내리기 시작하면, 무
슨 신호라도 떨어진 것처럼 두꺼비들과 개구리들이 한꺼번에 깨
어났다. 순식간에 두꺼비, 개구리 울음소리가 거리를 가득 메웠
다. 울음소리는 새벽녘에 동이 틀 때까지 계속됐다. 저녁이 되어
도 선선해지는 기미는 보이지 않았다. 연습이 끝날 때쯤이면 온몸
이 땀으로 젖어 있었다. 하지만 할아버지는 꿋꿋했다.

매일 오케스트라 멤버 전원이 모여 연습을 했다. 저녁이 되면
대부분은 음악 학교에서 밤을 보냈다.

음악 학교는 우리의 피난처였다. 그처럼 안전한 기분은 처음 느
껴 보는 것이었다.

40

그날 저녁, 악기를 꺼내 들고 앉았는데 할아버지의 휴대전화가 울렸다. 절뚝이의 장례가 끝나고 열흘 정도 지났을 때였다. 시내는 여전히 우울하고 우중충했다. 매해 장마철이 끝나면 찾아오곤 하는 분위기였다. 할아버지의 얼굴에 '전화를 괜히 받았군' 하고 쓰어 있었다. 할아버지는 고개를 옆으로 돌리고 낮게 말했다.

"아직 완성 단계는 아니라서……. 그래…… 뜻대로 하게."

밖에서는 두꺼비들이 와글와글 울어 댔다. 하지만 우리 귀에는 더 이상 그 소리가 들리지 않았다. 할아버지가 보면대 앞으로 돌아와 장난스러운 미소를 지었다.

"손님이 오실 거란다. 하지만 다 잘될 거야."

할아버지는 우리 모두에게 들릴 정도로만 목소리를 높여 말했다.

우리는 소나티네를 연주하기 시작했다. 할아버지는 우리 오케스트라를 시작한 뒤 처음으로 다른 데 정신이 팔려 있었다. 음악이 아니라 다른 뭔가에 신경을 쓰고 있는 것 같았다. 소나티네를 두 번째로 연주하기 시작했을 때 부르릉부르릉 소리가 들렸다. 음악 학교 앞에 차가 멈춰 서는 소리였다. 소리만 들어도 열 대는 넘는 것 같았다.

"손님이 오신 모양이구……"

할아버지의 말이 채 끝나기도 전에 완전무장을 한 민병대원 스무 명 남짓이 갑자기 들이닥쳤다. 그들은 한마디 말도 없이 방과 계단을 빙 둘러싸더니 구석구석을 샅샅이 뒤졌다. 잔뜩 긴장한 경비견들 같았다. 밖에서는 고함과 명령이 오갔다. 민병대 차량들이 음악 학교를 빙 둘러싸고 전조등 빛을 쏘아 댔다. 할아버지가 아니었다면 겁이 나서 죽었을지도 모른다. 하지만 할아버지는 우리에게 움직이지 마라, 겁내지 마라, 하는 뜻으로 손짓을 보냈다. 누군가가 큰 소리로 명령을 내렸다. 그때, 구두 굽 소리가 울려 퍼지더니 문이 열렸다. 어두운 빛깔 양복을 입은 남자 한 명이 할아버지에게 바로 다가가더니 숨이 막히도록 꼭 껴안았다. 회색 옷을 입은 그 남자가 마침내 할아버지를 풀어주고 우리를 향했다. 그 얼굴을 알아보는 순간, 나는 터져 나오려는 비명을 간신히 억눌렀다.

"이 애들이 바로 자네 아이들이로군, 로메로……."

이야니스 대통령이 우리를 한 명 한 명 뚫어져라 바라보았다. 가늘고 깊은 눈에서 번쩍이는 빛이 쏟아져 나왔다. 그 눈길이 장마철 내내 입은 우리의 단벌 옷, 때 낀 손톱, 헝클어진 머리카락을 지나 아나소피아에게 좀 지나치다 싶을 정도로 오래 머물더니 드디어 나에게 멎었다. 나는 눈을 돌려 버렸다. 대통령은 민병대원들의 옷깃에 달린 초상화와 똑같았다. 물론 더 늙은 모습이기는 했다. 하지만 그렇게 작고 주름이 자글자글한 데다 얼굴까지 납빛일 줄이야! 내 머릿속의 대통령은 그보다 훨씬 컸는데. 훨씬 더.

"이 망나니들을 데리고 뭔가 하기는 한단 말이지?"

대통령이 입꼬리를 비틀며 할아버지에게 물었다.

"자네는? 자네는 이 사람들한테서 뭔가 이끌어 내나?"

까만 선글라스 뒤에 숨어 경비를 서고 있는 민병대원들을 가리키며 할아버지가 대꾸했다.

대통령의 입꼬리가 활짝 올라갔다.

"거기 앉지. 대접할 거라곤 음악밖에 없군. 미뉴에트를 연주해 주겠네."

다리가 건들거리는 낡은 의자를 가리키며 할아버지가 말했다.

할아버지가 지휘봉으로 보면대를 톡톡 쳤지만 나는 가만히 있었다. 정신이 다른 데 팔려 있었기 때문이다. 우리한테 그렇게 몹쓸 짓을 한 이 망할 대통령이 옆에 있었으니까.

"사투르니노, 어디다 정신을 팔고 있니?"

할아버지가 주의를 주었다.

그 말에 대통령이 나에게 눈길을 돌렸다. 며칠 전에 통화한 사람이 누구인지 마침내 알게 된 것이다. 대통령을 흘깃 보았더니 나에게 소리 없이 박수를 보내는 시늉을 했다. 이해가 안 됐다.

"둘, 셋, 넷⋯⋯"

대통령의 날카로운 눈길이 느껴져 다른 생각을 할 수가 없었다. 하지만 연습, 연습, 또 연습을 거듭했기에 별 무리 없이 그럭저럭 연주할 수 있었다.

미뉴에트의 마지막 화음이 끝나자 대통령이 박수를 쳤다. 민병대원들은 꼼짝도 하지 않았다.

"놀랍군, 로메로! 이 애들을 데리고 아주 놀라운 일을 해냈어."

"아이들 스스로 놀라운 일을 해냈지. 나는 그저 도왔을 뿐이야."

할아버지가 고개를 저으며 대답했다.

"로메로, 겸손이 지나치군."

대통령이 나에게 다가왔다. 움푹 들어간 작은 눈이 나를 보고 있었다. 악의가 담긴 눈빛은 아니었지만, 그렇다고 해서 호의가 담긴 것도 아니었다. 대통령은 내가 벌레나 풀이라도 되는 양 찬찬히 뜯어보았다. 사시나무 떨듯 몸이 벌벌 떨렸다.

"그래, 네가 바로 사투르니노구나. 나한테 전화했었지."

대통령이 속삭였다.

대통령은 내 뺨을 가볍게 건드리더니 다시 자리에 앉았다. 내 피부 위에서 그 손가락의 흔적을 지워 버리고 싶었다.

"소나티네."

할아버지가 지시를 내렸다.

중반쯤 다다랐을까, 밖에서 고함 소리가 들려왔다. 처음에는 뚜렷하지 않았지만 점차 떠들썩하게 들려오기 시작했다……. 할아버지는 침착하게 지휘를 계속했고 대통령도 눈 하나 깜빡하지 않았다. 아무 일도 없다는 듯이. 하지만 우리는 연주에 집중할 수가 없었다. 고함 소리가 더 뚜렷이 들려왔다. 먼저 누군가가 대통령의 이름을 외치면 곧바로 "물러나라!" 하고 외치는 소리가 메아리처럼 들렸다.

아야나스, 물러나라! 아야나스, 물러나라! 아야나스, 물러나라!

어쩌면 소리도 그렇게 클까? 어느덧 소나티네 끝 부분에 이르렀다. 연주는 엉망이었다. 할아버지는 아무 말도, 아무 몸짓도 하지 않았다. 민병대원들은 점점 초조해하는 눈치였다. 대통령이 박수를 쳤다.

아야나스, 물러나라! 아야나스, 물러나라!

"자네도 야유를 받아 본 적이 있겠지. 연주에 따라서 말이야……."

"그런 기억은 없네만……."

두 사람의 눈길이 얽혔다.

아야나스, 물러나라! 아야나스, 물러나라!

고함 소리가 바로 가까이에서 들렸다.

"짜증 난 사람들이 벌이는 소동일 뿐이야. 처음도 아닌데 뭘. 내가 여기 있다는 게 알려진 모양이네만 신경 쓰지 말게. 내 수하들이 처리할 걸세. 계속하지!"

"아니. 우리 애들한테 이런 소란 속에서 연주를 하라고 할 수는 없네."

할아버지가 우리를 가리키며 말했다.

뭔가가 벽에 날아와 부딪쳤다. 아마 돌이었겠지. 또 하나가 날아왔다. 유리가 와장창 깨지자마자 다다다다 기관총 쏘는 소리가 들렸다. 고함 소리가 순식간에 사라졌다. 끈질기게 울어 대던 두꺼비들도 울음을 멈췄다……. 잠시 후 다시 함성이 이어졌다. 한층 더 크고, 한층 더 격렬했다. *아야나스, 살인자! 아야나스, 살인자!* 희미하게 횃불의 빛이 보였다. 우리는 악기를 손에 쥔 채 꼼짝달싹 못했다. 할아버지는 여전히 움직이지 않았다. 대통령과 눈이 마주쳤다. 아빠, 엄마, 절뚝이, 오스카르, 바르가스, 또, 또……. 나도 다른 사람들과 함께 '살인자'라고 외치고 싶었다. 하지만 엄두가 나지 않았다. 그때 갑자기 민병대원 한 명이 문을 열고 들어와 대통령에게 무슨 말인가 속삭였다.

"이 작은 음악회를 생각보다 좀 일찍 끝내야겠군."

대통령이 말했다.

일제사격 소리가 밤을 뒤흔들었다. 경호원들이 무기를 쳐들더니 눈 깜짝할 사이에 대통령을 에워싸고 문 쪽으로 갔다.

"로메로, 함께 가세! 저 미친놈들이 자네를 살려 두지 않을 걸세!"

대통령이 외쳤다.

하지만 할아버지는 고개를 저었다.

"저들은 자네를 쫓고 있어, 알프레도……."

기관총 소리가 다다다다 울렸다. *아야나스, 살인자! 아야나스, 살인자!* 시위대가 음악 학교 안으로 들어오려고 두드리는 통에 정문이 흔들렸다. 민병대원들이 사람들을 밀쳐 냈다. 총소리가 끊이지 않았다. 비명이 연방 이어졌다. 또다시 일제사격, 또다시 기관총 소리…… 구호도 쉬지 않고 들려 왔다. *아야나스, 살인자! 아야나스, 살인자!*

"빌어먹을, 로메로! 이리 와! 그러다 죽어!"

하지만 할아버지는 그 말에 신경도 쓰지 않았다.

"악기를 안전한 곳으로! 어서! 음악 감상실로! 그런 다음 뒷문으로 도망가!"

대통령의 손짓에 따라 민병대원 넷이 할아버지에게 덤벼들더니 억지로 끌고 갔다. 대통령과 할아버지가 건물 뒤편으로 난 작은 복도로 사라지는 순간, 정문이 우지끈 소리와 함께 부서졌다. 시위대가 소리를 지르며 안으로 뛰어 들어왔다.

나는 루시아의 손을 움켜잡았다.

41

　우리는 계단 밑 으슥한 곳에 숨었다. 주위 사람들은 미친 듯이 흥분해서 닥치는 대로 훔치고 망가뜨리고, 문짝을 뜯어내고, 의자들을 부수고, 매트리스를 계단 밑으로 집어던졌다. *아야나스, 살인자! 아야나스, 살인자!* 사카리아스와 후안이 멈추라고, 노인은 아무 관계 없다고, 여긴 그냥 음악 학교일 뿐이라고, 우리 학교라고, 아야나스는 벌써 도망갔다고 소리 질렀다! 하지만 귀 기울이는 사람은 하나도 없었다.

　민병대원 한 명이 손에 무기를 들고 우리 앞을 지나갔다. 상사였다. 키가 엄청나게 큰 사람이 불쑥 나타나더니 손쓸 새도 주지 않고 상사를 내리쳤다. 상사는 비명도 지르지 못한 채 단박에 쓰러졌다. 남자는 상사가 더 이상 움직이지 않을 때까지 계속 발로 찼다. 상사가 떨어뜨린 권총을 주우려고 남자가 몸을 숙이는 순간 나와 눈길이 마주쳤다.

"뭐냐, 꼬마야! 이 자식이 이보다 나은 대접을 받아야 했다는 거냐?"

남자는 상사를 권총으로 겨눴다. 상사는 쓰러진 채 꼼짝도 하지 않았다. 나는 총소리를 기다리며 눈을 질끈 감았다. 하지만 아무 소리도 들리지 않았다. 눈을 떠 보니 남자는 사라진 뒤였고, 상사 는 내 발치에 쓰러져 있었다.

시장에서 자주 마주치던, 키 작은 합죽이 아저씨가 석유통을 들 고 나타났다.

"지나갑시다! 좀 지나갑시다!"

합죽이 아저씨는 문짝 더미에 석유를 붓고 횃불을 그 위에 던졌 다. 후안이 서둘러 달려갔지만 요란한 소리와 함께 불꽃이 일었 다. 시위대 사람들은 박수를 치며 목이 터져라 환호성을 질렀다. 여기저기 흩어져 있던 사람들도 함께 고함을 쳤다. 이 미친 사람 들이 음악 학교에 불을 지르다니. 이해할 수가 없었다. 이해할 수 가……. 후안은 불 옆에 서서 눈물을 흘렸다.

갑자기 "여기 없어! 대통령궁으로! 대통령궁으로!" 하는 소리 가 환호성을 누르고 새롭게 들려왔다. 음악 학교가 순식간에 텅

비었다. 시위대가 마요르 광장과 대통령 관저를 향해 썰물처럼 밖
으로 빠져나간 것이다.

곳곳에서 일어난 불꽃이 벽 쪽으로 혀를 날름거리며 계단을 따
라 올라갔다. 연기가 음악 학교 안을 휘돌았다…….

"악기들! 악기들을 구해야 해!"

후안이 외쳤다.

음악 감상실로 달려갔지만 이미 아무것도 남아 있지 않았다. 연
기로 꽉 찬 실내는 숨막힐 듯 뜨거웠다. 복도까지 가득 메운 연기
는 순식간에 우리를 어두운 안개 속으로 밀어 넣었다.

우리는 물러서지 않았다. 음악 감상실은 곳곳이 부서지고, 안에
있던 물건들도 모두 사라져 있었다. 할아버지의 음반들은 밟히고
깨진 채 바닥에 널브러져 있었고, 전축은 산산조각이 나 있었다.
악기에 불을 지르려고 한 사람들도 있었던지 불꽃이 스치고 간 자
국이 남아 있었다. 밟힌 자국이 가득한 악기들도 있었다. 후안이
손에 잡히는 대로 바이올린 하나를 집어 사카리아스에게 넘겨 주
면 사카리아스가 다시 아나소피아에게 넘겨 주었다.

"더 빨리! 더 빨리!"

우리는 한 줄로 길게 늘어서 사슬을 만들어 악기를 구했다. 모
두가 기침을 했다. 나는 티셔츠를 묶어 입을 가렸다. 루시아도 나
를 따라 했다. 그런데도 숨을 쉴 수가 없었다. 연기가 점점 짙어졌

다. 몇 개 남지 않은 악기는 결국 포기하는 수밖에 없었다. 더 머물 시간이 없었다.

"루시아, 이제 나가자! 여기 있으면 안 돼!"

내가 소리쳤다.

루시아의 손을 잡고 함께 출구 쪽으로 뛰었다. 조금이라도 산소를 들이마실 수 있도록 최대한 몸을 낮춰 연기가 삼켜 버린 복도를 내달렸다. 불길이 여기저기서 치솟았지만 캄캄한 어둠 속을 뛰는 기분이었다. 내가 어디를 달리고 있는지 알 수가 없었다. 루시아는 있는 힘껏 나에게 매달렸다. 힘겹게 계단까지 갔다. 뒤집힌 의자와 버려진 바이올린 케이스가 수도 없이 발에 차였다. 넘어졌다가도 밟고 일어나 다시 뛰었다. 루시아의 손을 꼭 쥐고 정신없이 달리고 또 달렸다.

어떻게 밖으로 나왔는지도 모르겠다. 한동안 앞만 보고 뛰었다. 어디를 지나는지, 어디로 가는지도 모르고 그냥 뛰었다. 다른 사람들도 도망치고 있었다. 우는 사람들도 있었다. 미친 듯이 터져 나오는 기침 때문에 몸을 구부리고 멈춰 선 사람들도 있었다.

불길과 연기에서 충분히 벗어난 다음 겨우 달음박질을 멈췄다. 숨이 가빠 개처럼 헐떡거렸다. 열기 때문에 목과 폐가 찢어질 것 같았다. 입술은 돌처럼 말라 있었다. 녹초가 된 루시아가 상처 입은 짐승처럼 몸을 떨며 나에게 기댔다. 더 이상 말할 힘도, 움직일 힘도 없었다. 숨을 고르려고 애쓸 뿐이었다. 음악 학교 쪽에서는 불길이 사방으로 번지고 있었다. 뜨뜻미지근한 바람을 타고 불길이 거세게 치솟아 건물 외벽을 타고 올랐다.

겨우 정신을 치리고 둘러보니 구시청 계단 위였다.

하나씩 둘씩 사람들이 늘어났다. 다들 눈은 연기로 빨개져 있었고, 손은 화상을 입었고, 얼굴은 눈송이처럼 사방으로 휘날리는 재 때문에 까매져 있었다. 사람들이 돌에 기대 끝없이 기침을 해댔다. 열기를 견디기 힘들었다. 불길 때문에 온몸이 화끈거렸다. 바람을 타고 재가 흩날렸다. 그래도 위험에서 벗어났으니 더 이상 아무도 움직이지 않았다. 나는 여전히 루시아의 손을 꼭 잡고 있었다. 아나소피아와 후안이 마지막으로 불바다를 빠져나왔다. 두 사람은 머리카락이 반쯤 그을은 채 계단에 쓰러져 얼빠진 모습으로 음악 학교를 바라보았다. 눈앞에 펼쳐진 광경을 믿지 못하는 것 같았다. 쿠르소 바호 쪽에서는 시위대와 민병대가 맞서고 있었다. 고함 소리가 끊이지 않았다. 불이 난 것 같기도 했다. 일제사격 소리가 따닥따닥 들려왔고, 번쩍이는 빛이 어둠을 갈랐다.

그때 바로 옆에서 폭음이 진동하며 뜨거운 공기를 뒤흔들었다. 음악 학교의 창문들이 열기 때문에 폭발한 것이다. 유리창이 터지면서 산산조각 난 유리 조각 수천 개가 사방으로 튀었고, 먼지 덮인 땅 위로 날아와 박혔다. 우리한테서 겨우 몇 걸음 떨어진 곳까지 유리 조각으로 뒤덮였다.

문과 창문이 있던 자리로 불꽃이 높고 거세게 쏟아져 나오더니 순식간에 지붕까지 덮쳤다. 시뻘건 불길에 휘감긴 음악 학교는 꼭 지옥 같았다. 기와가 펑 소리와 함께 폭발했다. 독립기념일에 폭죽이 터질 때처럼 불꽃이 따닥따닥 타올랐다.

절뚝이가 있었더라면 분명 펄쩍펄쩍 뛰어다녔을 텐데. 뜨거운 불길 속에 심장까지 녹아 내린 듯이 속이 텅 비고 지쳤다. 나를 둘러싼, 땀으로 번들거리는 검은 얼굴들을 둘러보았다. 모두가 한결같이 멍하니 음악 학교를 삼켜 버린 불길만 바라보고 있었다.

지붕이 단번에 내려앉았다. 타오르는 불길 위로 오렌지색 불티가 치솟아 하늘을 온통 붉게 물들였다. 불꽃이 밤을 환하게 밝혔다. 불에 삼켜진 음악 학교가 무너져 내렸다.

42

날이 밝았다. 두꺼비들도 입을 다물었다. 음악 학교는 영영 사라져 버렸다.

검게 탄 자국, 불꽃에 그을고 무너진 벽. 숯검정이 된 들보에서는 연기가 모락모락 피어올랐고, 유리 조각 수천 개가 땅에 널려 있었다. 연기와 그을음 때문에 온 동네가 메스꺼운 냄새로 뒤덮여 있었다. 바람이 조금만 일어도 불꽃이 되살아나 곳곳으로 퍼져, 결국 남아 있는 흔적까지 고스란히 태워 없앴다.

김이 나는 폐허에서 고작 몇 미터 떨어진 곳에, 알아볼 수도 어렵게 된, 악기와 케이스 무더기가 쌓여 있었다. 그 위에는 공기 중에 떠다니는 회색 먼지가 뒤덮여 있었다. 우리가 불구덩이 속에서 구해 낸 것의 전부였다.

우리는 어안이 벙벙해서 그 끔찍한 모습만 물끄러미 바라보았다.

구시가지 저 끝 시청 쪽에서 사람들이 모여들었다. 점점 더 불어났다. 간밤의 폭동에 가담한 사람도 있었을 것이다. 하지만 날이 밝으면서 지난밤의 광기는 이미 사그라진 뒤였다. 사람들이 검게 탄 음악 학교의 잔해에 이끌리듯, 잿빛 연기를 헤치고 우리를 향해 한 걸음 한 걸음 다가왔다. 사방은 쥐 죽은 듯 고요했다. 아무런 소리도, 아무런 구호도 들리지 않았다. 들리는 것이라고는 먼지 속을 헤치고 다가오는 발걸음 소리와 우리의 머리 위에서 사냥을 하는 독수리 한 쌍의 날카로운 울음소리뿐이었다.

"저기 봐."

갑자기 루시아가 속삭였다.

어디에 숨어 있었는지, 아술라가 우리에게 달려왔다. 새끼 세 마리가 한 줄로 늘어서서 그 뒤를 따라왔다. 루시아가 고양이들을 껴안고 조용히 얼렀다.

타르타무도가 자리에서 일어섰다. 어찌나 살그머니 일어났던지, 나는 처음에 일어난 줄도 몰랐다. 음악 학교 쪽으로 몇 걸음을 옮기는 타르타무도는 온통 땟국에 절어 까만 데다가 머리카락은 잔뜩 그을어 있었다. 얼굴에는 핏빛 칼자국이 길게 나 있었다.

타르타무도는 아직도 김이 나는 벽 위에 올라앉아 눈을 감았다. 주변의 끔찍한 광경이 보기 싫다는 듯이. 그러더니 숨을 길게 들이마셨다. 건포도처럼 쪼글쪼글한 부인의 목소리가 들리는 것 같았다.

"여기라니까, 이 고집쟁이야! 여기로 숨을 쉬란 말이야. 배로 쉬라고!"

타르타무도가 노래를 시작하자 독수리들도 울음을 멈췄다.

알트로 논 아모
게 돌체 파체
알트로 논 아모
게 리베르타*

노랫말을 이해하는 사람은 아무도 없었다. 어느 나라 말인지도 알 수 없었다. 어쩌면 아무 의미 없는 말이었는지도, 엉터리로 지어낸 횡설수설이었는지도 모르겠다. 하지만 상관없었다. 너무나 아름다웠기 때문이다. 타르타무도의 천사 같은 목소리가 연기가 모락모락 나는 잔해 한가운데로 날아올라 독수리들과 함께 하늘 위로 높이높이 치솟아, 우리를 수천 킬로미터 떨어진 곳으로 데려

---

* 나는 달콤한 평화만을/사랑한다네/나는 자유만을/갈망한다네

갔다. 그 땅딸막하고 뚱뚱한 몸에서 나오는 순결한 목소리에 어안이 벙벙해진 사람들이 조용히 모여들었다. 그들은 타르타무도에게서 몇 발짝 떨어진 곳에 멈춰, 검게 그을고 다친 뚱보가 천사처럼 노래 부르는 모습을 바라보았다.

그러는 동안 루시아가 악기 더미 쪽으로 다가갔다. 그러더니 불에 그을은 악기 케이스를 하나씩 하나씩 들어올렸다. 불구덩이에서 구해 낸 것이니 더욱 소중하다는 듯, 손놀림도 한결 조심스러웠다. 우리도 말없이 따랐다. 루시아가 악기를 꺼내면 누군가 옆에서 손을 내밀었다.

누군가는 검게 그을은 바이올린을 꺼내 들었고, 누군가는 뒤틀려 버린 플루트를, 활을 꺼내 들었다……

"봐, 오빠, 내 플루트야……."

루시아의 플루트가 멀쩡하게 케이스 안에 들어 있었다.

타르타무도는 이제 '논 바피디 일 세레노 칼마 디 소르테 아 라 템페스토 인 세노*' 하고 노래하고 있었다. 우리는 남아 있는 악기들을 말없이 꺼내 들었다.

어떤 첼로는 케이스 밖으로 목이 비죽 튀어나와 있었다. 사카리아스의 첼로였다. 소용돌이 장식은 불에 타 버렸고 현은 끊어졌지만, 그것 말고는 그럭저럭 괜찮아 보였다. 그에 비하면 내 첼로는

---

* 조심하시오, 운명은 잠잠해 보일 때라도 태풍을 숨기고 있다오.

불길에 심하게 휩싸였던지 몸통이 다 깨져 있었다.

타르타무도가 노래를 멈췄다. 우리는 대부분 각자의 악기를 되찾았다. 형편없는 상태이기는 했지만 아쉬운 대로 응급처치를 했다. 사카리아스는 어디선가 낡은 현 하나를 찾아 가지고 와서 첼로에 끼우려고 끙끙거렸다. 아나소피아는 짝이 맞지 않는 플루트 조각들을 맞춰 보았고, 후안은 주머니칼을 가지고 바이올린을 수선했다. 다른 아이들은 없어지거나 불에 타 버린 줄 받침 대신 나무조각을 얽어맸다. 하지만 연주를 시작하는 사람은 아무도 없었다.

43

"어, 저기 좀 봐!"

그 소리에 모두 고개를 들었다. 넓게 드리워진 잿빛 연기 속에서 그림자 하나가 우리를 향해 다가오고 있었다. 알아볼 수밖에 없는 그림자였다!

아나소피아가 달려갔다. 할아버지는 기진맥진이 되어 있었다. 얼굴은 납빛이었고, 양복은 거무스름한 얼룩으로 온통 더럽혀져 있었다. 시내에서는 아직도 시위가 계속되고 있었다. 사방에서 총소리가 들렸고, 거리마다 바리케이드가 쳐져 있었다. 할아버지는 두 발로 그 속을 통과한 것이다. 할아버지의 눈길은 우선 연기가 모락모락 피어나는 음악 학교의 잔해에 머물렀다. 우리는 보이지 않는 것 같았다. 마침내 그 눈길이 우리에게 와 닿았다. 불길에 까맣게 되고, 화상을 입어 여기저기 살갗이 벗겨진 우리의 얼굴을 찬찬히 살피고, 임시방편으로 수리한, 불에 그을은 악기도 하나씩 바라보았다. 입가에 희미한 미소가 번졌다.

"그래…… 다들 여기 있니?"

할아버지가 걱정스러운 말투로 물었다.

할아버지는 우리를 한 명 한 명 유심히 보았다. 모두 그 자리에 있었다. 할아버지의 얼굴에 중국 사람 같은 미소가 번졌다.

"그럼 그렇게 심각한 문제는 아니로구나……."

모두 할아버지만 쳐다보았다.

여자애 하나가 바이올린을 조율하기 시작했다. 다른 아이들도 하나씩 둘씩 그 뒤를 이었다. 금세 와글와글 소리가 퍼져 나갔다. 후안과 아나소피아는 이리저리 뛰어다니면서 현을 다시 감기도 하고 플루트의 스프링을 본래 자리로 돌려 놓기도 했다. 모두 구 시청 계단 위에 그럭저럭 자리를 잡았다.

할아버지는 타르타무도의 도움을 받아 무너진 담벼락 위로 올라갔다. 나는 얼른 달려가, 할아버지의 재투성이 구두를 티셔츠 끝자락으로 문질러 닦았다. 훌륭한 솜씨라고는 할 수 없었지만, 약속은 약속이니까.

할아버지가 녹슨 철사를 땅에서 집어 들고 벽 가장자리를 두드렸다. 독수리 한 쌍이 높이 날며 울었다. 바람이 불어 잿빛 연기가 넓게 흩어졌고, 열기 때문에 온몸이 끈적거렸다. 하지만 철사 도막을 손에 쥔 할아버지에게만 온 신경을 집중하고 있었다.

"모차르트의 소나티네를 다시 연주하자……. 준비됐니? 셋, 넷……"

사람들이 더 가까이 다가와, 여태껏 들어 본 적 없는 음악에 귀를 기울였다.

음악 학교 쪽에서 불길이 완전히 사그라졌다. 우리는 그렇게 첫 콘서트를 열었다.

44

삼 년이 지났다. 기자들이 '부랑아들의 오케스트라'라고 이름 붙인 콘서트를 개최한 직후, 할아버지가 심장 발작으로 쓰러졌다.

몇 달 동안은 후안과 아나소피아가 뒤를 이어 보려고 노력했지만, 할아버지의 빈자리를 대신할 수는 없었다.

나는 루시아를 데리고 야야구아로 돌아갔다. 나는 루시아가 뒤처진 공부를 따라잡도록 무던히 애를 썼다. 그 덕에 야야구아의 유일한 중학교에서 별문제 없이 루시아를 받아 주었다. 수녀님들이 운영하는 중학교였으니, 엄마는 좋아했을 테고 아빠는 화를 냈을 거다. 나는 광산에서 일할 수 있는 나이가 되었다.

오케스트라 멤버들은 다시 만나지 못했다. 소식도 듣지 못했다.

하지만 몇 년이 지난 뒤 단 한 번 우연히 딱 한 사람을 만났다.

아야나스 대통령이 죽고 나서 한참 뒤의 일이다. 민병대도 뿔뿔이 흩어졌다. 새 대통령은 정직한 사람인 것 같았다. 11월이었나, 아니, 어쩌면 12월이었던 것 같기도 하다. 광부 조합에서 경비를 대 주어서, 나는 수도에서 열리는 회의에 참석하게 되었다.

오케스트라를 그만둔 뒤로 도시에 발을 들이는 것은 처음이었다. 많은 것이 변해 있었고, 시청이 있던 동네는 다시 온통 공사 중이었다. 불에 타 없어진 음악 학교 자리는 다시 찾을 수도 없었다. 나는 길을 돌아 절뚝이의 무덤에 들렀다.

상상 속의 무덤은 이끼가 잔뜩 낀 더러운 모습이었다. 어쩌면 아예 찾을 수 없을지도 모른다고 생각했다. 하지만 잘못된 생각이었다! 상상과는 정반대였다. 할아버지의 지시로 새겨진 묘석은 관리가 잘 되어, 반들반들 손질돼 있었다. 신선한 꽃 몇 송이가 담긴 작은 통도 놓여 있었다. 주위를 둘러보았지만 텅 빈 묘지에는 내 의문을 풀어 줄 사람이 아무도 없었다. 도대체 누가 절뚝이의 무덤을 돌봤을까? 시간이 다 되어 떠나야 했다.

오늘까지도 나는 그 수수께끼를 풀지 못했다.

오후 늦게 조합 회의를 끝내고 나오는 길에 포스터 하나가 눈에 띄었다. 아마도 '비발디' 라는 이름 때문이었던 것 같다. 그 이름을 보니 할아버지 생각이 났다. 그 밑에는 또다른 이름이 쓰여 있었다. '바스코 아셀라르. 카운터 테너'. 이름을 보고 생각나는 건 아무것도 없었지만, 얼굴은 바로 알아보았다. 바로 그날 저녁에 열리는 콘서트였다. 표 값은 600센타보, 큰돈이었다. 다행히 은행 문이 닫히기 전이었다. 루시아를 위해 모아 눈 예금에서 돈을 찾았다.

공연장으로 들어가면서도 더러운 손과 투박한 작업용 신발 때문에 마음이 편치 않았다. 주변에 앉은 사람들도 나를 흘끔흘끔 훔쳐보았다. 나 같은 사람이 왜 비발디의 '니시 도미누스'를 들으러 왔는지 의아해하는 눈치였다. 나도 마찬가지였다. 당장이라도 줄행랑을 치고 싶은 마음이었다.

그러다 공연이 시작됐다.

타르타무도는 전보다 더 뚱뚱하고 컸다. 하지만 목소리는 더 놀라웠다. 공기처럼 가벼워서 믿기지 않을 정도였다……. 나는 목소리에만 집중하기 위해 눈을 감았다. 옆자리의 멍청이가 자기 아내에게 "봐, 잠들었어" 하고 속삭였을 때도, 나는 잘못을 일깨워주지 않았다. 망할 자식! 물론 나는 잠든 게 아니었다. 잠이 들기는커녕, 그 어느 때보다 콘서트 내내 날카롭게 집중하고 있었다.

마지막 음이 끝났다. 박수갈채 속에서 타르타무도가 절을 했다. 타르타무도가 무대를 떠날라치면 다시 박수갈채가 터져 나왔다.

썰물처럼 공연장을 빠져나가는 사람들 틈에서 벗어나자마자 나는 무대 뒤로 달려갔다. 하지만 한 남자가 내 앞을 막았다.

"출구는 반대편입니다."

"타르타무도를 잠깐 보려는 겁니다. 친구예요."

남자가 이상한 눈길을 보냈다. 하긴, 여기서 누가 타르타무도라는 이름을 알까. 하지만 타르타무도의 '진짜' 이름이 생각나지 않았다.

그때 문이 살그머니 열렸다. 타르타무도였다.

"타르타!"

타르타무도가 돌아보았다. 그러더니 조금 놀란 얼굴로 내게 다가왔다…….

"사투르노! 여기서 다 보네!"

"포스터에서 봤어. 그래서 말인데…… 정말 아름다웠어! 정말로!"

"고맙다. 잘 지내지?"

"그럭저럭…… 저기……"

어떤 여자가 나를 이상하다는 듯이 쳐다보면서 타르타무도를 불렀다.

"가요! 미안, 가 봐야겠다……. 내일 아침 일찍 비행기를 타야 하거든."

타르타무도가 말했다.

나는 고개를 끄덕였다.

"비행기라…… 그래, 이해해. 행운을 빈다, 타르타무도!"

타르타무도가 내게 작게 손짓하며 말했다.

"잘 가, 사투르노!"

문이 다시 닫혔다. 타르타무도가 더 이상 말을 더듬지 않는구나, 하고 그제야 깨달았다.

야야구아 행 막차 시간까지 십오 분. 잘하면 탈 수 있을지도 모르겠다.

　　작년 이맘때 『기적의 오케스트라―엘 시스테마』라는 다큐멘터리 영화가 개봉되었다. 베네수엘라 빈민가를 전전하던 문제아들이 총 대신 악기를 손에 들고 음악을 연주하게 되면서 차차 변화하여 어엿한 사회인으로 자라나는 내용을 담은 작품이었다. 열한 명으로 시작한 이 작은 모임은 베네수엘라 정부의 적극적인 지원에 힘입어 어느덧 전국 규모로 성장했다고 한다. '엘 시스테마'는 에스파냐어로 '체계'라는 뜻으로, 이 영화의 제목이자 베네수엘라 음악 교육 운동을 가리키는 말인 동시에, 그 혜택을 받는 아이들로 구성된 오케스트라의 이름이다. 영화 포스터 한가운데서 두 팔을 높이 들고 활짝 웃고 있는 젊은 남자는 오늘날 LA 필하모닉 상임 지휘자로 활동하고 있는 구스타보 두다멜이다.

『마에스트로』의 배경은 베네수엘라가 아니라 볼리비아이다. 하지만 오랜 군부독재와 사회 지도층의 부패로 좀먹고, 마약과 아동 성추행이 판을 친다는 점에서 두 나라는 닮은꼴이다. 작품의 내용을 살펴보면, 저자인 자비에 로랑 쁘띠가 엘 시스테마 오케스트라에서 영감을 얻었음을 짐작하게 된다. 거리를 헤매던 아이들이 우연히 로메로 할아버지를 만나 음악 학교에 드나들면서 악기를 연주하게 됨으로써 서서히 바뀌어 가는 모습이 그려진다. 저자는 볼리비아의 현실도 잊지 않는다. 가난과 폭력에 시달리던 서민들이 독재정권에 맞서 일어나면서 로메로 할아버지와 아이들도 비극적인 사건에 휘말리게 되는 것이다.

프랑스 작가가 볼리비아에서 벌어지는 일들을 다루다니, 주제넘은 욕심으로 보일 우려도 있다. 하지만 프랑스면 어떻고 볼리비아면 또 어떤가. 자비에 로랑 쁘띠는 늘 그래왔듯이 소외된 이웃들의 현실을 생생하게 그려 보이면서 그들을 다습게 보듬는다. 그렇다고 해서 마냥 낙관적이지만도 않다. 로메로 할아버지가 세상을 떠나면서, 아이들은 뿔뿔이 흩어진다. 모두 두다멜처럼 훌륭한 음악가로 성장했을까? 유일하게 음악가의 길을 택한 말더듬이 타르타무도만이 카운터 테너로 이름을 날리며 세계 곳곳에서 공연을 연다. 사투르니노와 루시아는 어릴 때 살던 광산촌으로 돌아가 묵묵히 부모님과 같은 삶을 살아간다. 사투르니노의 희생으로 상급 학교에 진학한 루시아에게는 어쩌면 더 나은 미래가 기다리고 있을지도 모르겠다. 그렇다면 나머지 아이들은? 타르타무도처럼 빛나지는 않더라도, 아마도 어딘가에서 사투르니노처럼 건실하게 살아가고 있으리라.

자라나는 아이들에게 밥 한 끼를 먹이느냐 마느냐를 놓고 주민 투표가 벌어지는 서울에서도 우리의 사투르니노, 루시아, 절뚝이, 타르타무도가 힘겹게 살아가고 있지 않을까. 아이들 모두가 두다멜처럼 훌륭한 음악가로 성장하는 것은 아니듯이, 우리 모두가 '마에스트로 비얀데스'가 될 수도 없는 노릇이다. 그렇기는 하지만, 사투르니노에게 따뜻한 고기 파이를 사주고 먹는 모습을 흐뭇하게 바라보던 로메로 할아버지의 마음 씀씀이를 닮아 보는 것도 크게 나쁠 것 없다는 생각이 든다.

2011년 여름

윤예니